Heinz Marecek
Ein Fest des Lachens

Heinz Marecek

Ein Fest des Lachens

Weihnachten einmal anders

Residenz Verlag

Bibliografische Information der Deutschen Bibliothek
Die Deutsche Bibliothek verzeichnet diese Publikation in der Deutschen Nationalbibliografie; detaillierte bibliografische Daten sind im Internet über http://dnb.ddb.de abrufbar.

Umschlaggestaltung: wolf, www.typic.at
Umschlagillustration: Winnie Jakob
Typografische Gestaltung, Satz: silvia wahrstaetter

Gesamtherstellung: CPI Moravia Books

ISBN-10 3-7017-1460-6
ISBN-13 978-3-7017-1460-5

Inhalt

Und Freude lacht

Ich bin kein gläubiger Mensch. Im traditionell-religiösen Sinn. Das war in meiner Familie nicht immer so. Da wurde sehr viel geglaubt. Meine Vorfahren mütterlicherseits kamen aus Galizien und waren irgendwann einmal gläubige Juden. Aus praktischen, überlebenstechnischen Gründen konvertierten sie aber nach und nach und wurden brave Christen. Und wie dies bei „Neugetauften", wie es so schön bei Fritz Löhner-Beda heißt, häufig üblich ist, besonders eifrige. Den bei weitem erstaunlichsten Weg legte wohl Ururgroßonkel Emanuel Veith zurück – er wurde jüdisch erzogen, studierte in Wien Veterinärmedizin, wurde Direktor der tierärztlichen Hochschule, konvertierte zum Katholizismus, studierte Theologie – und beendete sein Leben mit 97 Jahren als Domprediger von St. Stephan! Kein alltäglicher Lebenslauf. Die Familie meines Vaters hingegen, Meidlinger Eisenbahner, kamen aus dem Urschlamm des Sozialismus, und glaubten innig an seine Thesen. Ich ging als Kind am 30. April beim Fackelzug der sozialistischen Arbeiterturner mit – und wenn mich meine Mutter anschließend zu Bett brachte, machte sie mir mit dem Daumen ein Kreuzzeichen auf die Stirn. Wie gesagt, es wurde viel bei uns geglaubt! Mein Vater glaubte an Anständigkeit, Bücher, frische Luft und Obst. Anständigkeit war für ihn ein Synonym für *sozialistisch*. Wenn wir zu spät kamen, sagte er: „Ein Sozialist kommt nicht zu spät", wenn wir mit ungeputzten Schuhen aus dem Haus wollten, sagte er: „Ein Sozialist geht nicht mit ungeputzten Schuhen". Als er im Laufe der Jahre draufkam, dass Sozialisten viel schlimmere Dinge taten, als zu spät zu kommen, oder mit ungeputzten Schuhen zu gehen, bekam sein Glaube an eine Utopie naturgemäß heftige Risse und Sprünge.

Aber es gab auch einen Glauben in unserer Familie, der durch nichts zu erschüttern war: wir glaubten an das Lachen! Gemeinsame Mahlzeiten waren oft minutenlang von vierköpfigem (ich habe noch einen jüngeren Bruder) Gelächter unterbrochen. Es gab kaum einen Tag, an dem nicht gelacht wurde. Bereits in frühester Kindheit glaubte ich die Magie des Lachens! Es war für mich ein Vehikel, mit dem man durch das Leben schweben konnte, wie mit einem fliegenden Teppich! Ich habe am meisten dort gelernt, aber auch geliebt, wo ich auch lachen konnte. Und als ich mit 15 oder 16 zum ersten Mal den „Faust“ las, war die Stelle, die mich in dem Stück mehr bewegte als die ganze Gretchen-Tragödie, der Satz des Mephisto im „Prolog im Himmel“, wo er sich bei Gott entschuldigt: „Verzeih’, ich kann nicht große Worte machen, auch wenn mich hier der ganze Kreis verhöhnt, mein Pathos brächte dich gewiss zum Lachen, hättest Du Dir nicht das Lachen abgewöhnt“. Die Idee, dass es einen Gott gibt, der sich das Lachen abgewöhnt hat, fand ich tief erschütternd.

Ich hatte das Glück, sehr oft Peter Ustinov zu begegnen, war ihm natürlich vom ersten Moment an verfallen, und der Titel eines seiner letzten Bücher könnte mein Lebensmotto sein: „Ich glaube an den Ernst des Lachens“.

Es ist das wichtigste Ventil unseres Lebens! So wie wir schwitzen, wenn es uns zu heiß ist, lachen wir, wenn sich unser Emotions-Apparat überhitzt. Menschen lachen bei Begräbnissen, machen Witze über Katastrophen, lachen, wenn Pathos überhand nimmt – aber nicht aus Geschmacklosigkeit! Sondern weil Lachen dieses wunderbare Regulativ ist, das uns hilft, mit Emotionen fertig zu werden, die uns ohne Lachen unerträglich würden. Und da ja Weihnachten sehr wohl ein Fest der Besinnung sein soll, ist es doch fraglos auch ein Fest der Freude.

Und Freude lacht – auch zu Weihnachten!

Weihnachten –
ein alljährlicher Anlassfall

Theodor Fontane

Weihnachten

Noch einmal ein Weihnachtsfest,
Immer kleiner wird der Rest,
Aber nehm' ich so die Summe,
Alles Grade, alles Krumme,
Alles Falsche, alles Rechte,
Alles Gute, alles Schlechte –
Rechnet sich aus all dem Braus
Doch ein richtig Leben raus.
Und die können ist das Beste
Wohl bei diesem Weihnachtsfeste.

Burckhard Garbe

„Wieso Weihnachten?“ Wieso nicht! Eine verteidigung in sechs argumenten

Argument 1: Der baum im zimmer

Der weihnachtsbaum, ein lehrgegenstand par excellence, lehre für kopf und herz, kopf und bauch: wann im jahr bekommt die normalbürgerin, der normalbürger ein solch intimes verhältnis zu einem baum, und damit zum baum schlechthin? sozusagen gewissermaßen quasi: eine baumpatenschaft, alle jahre wieder, wenn auch auf zeit, auf sehr kurze zeit, zugegeben! Aber: gummibaum, zimmerlinde, selbst der bonsai auf der untertasse schaffen das nie, sie täuschen natur nur vor, an sie hängt man sein herz nicht, auch frau ihr herz nicht, wohl aber und nur: an den weihnachtsbaum, ob fichte, ob tanne, ob kiefer: unterrichtseinheit „waldsterben im wohnzimmer“: der baum als denk- und lernanstoß, als paedagogicum für alt und jung. Mit zusatzeffekt für die jüngsten, die computerfreaks: ihnen wird er, nach wenigen tagen schon, zum nadeldrucker: leise rieseln die nadeln und drucken sich in den teppich darunter oder ins silberpapier, 24 nadeln pro stunde, der baum als 24-nadel-drucker, wer könnte das lesen, was die da drucken?! Also: unverzichtbar, der weihnachtsbaum, das thing markierend, bei dem die ganze familie sich trifft, das weihnachtsthing, das thing an sich …

Argument 2: Der gänsebraten

Die weihnachtsgans, krone der kochkunst, das königliche essen: gänse, die hunde vom Capitol, sie wachen nicht mehr, sie zischen nur noch im ofen, in der bratform, als weihnachtsbraten. Oder dieser, in anderer form, als karpfen, als truthahn, als ente: der duftet durchs haus, durch die weihnachtslieder, die kokoskekse, die zweige des baums, er setzt sich in t-shirts und in pullover, er duftet und duftet, monatelang, bis er verduftet: unverzichtbar auch er! Undenkbar zu anderer zeit im jahr: gänsekeule und -schmalz, rotkohl in seiner rolle als blaukraut, äpfel-korinthen-füllsel und gänsefett leise träufelt das fett, undenkbar zu ostern: das fett im mundwinkel, während im anderen winkel des mundes noch knickebein klebt oder weichkrokant, da schauen sogar die gold-bunt-bekleideten schokohäsinnen und -hasen aus ihrem grünen papierwollenest mit großen hasiaugen verwundert: undenkbar zu ostern. Undenkbarer noch im sommer: die sommergans, nicht würstchen im schlafrock, nein, gänschen im anzug, im badeanzug, gans im bikini, bratend unter der julisonne, undenkbarer noch! Also: unverzichtbar, der gänsebraten, der braten zur weihnacht, von ihm kriegt jeder sein fett …

Argument 3: Miteinander singen

Die weihnachtslieder, altüberliefert, süßer nie klingen als zu der fröhlichen, seligen, gabenbringenden weihnachtszeit, ihr kinderlein singet, ihr elterlein singet, o singet doch all! Grad, als ob engelein singen, nein: viel schöner und holder, als engel es sind: es sind des singens ungewohnte, die da das singen versuchen, und: die versuchung ist groß: wer singt, wird beschert, also singen auch die des sanges ungewohnten, also singet der vater, die mutter, das Kind: der vater, der sonst nur „So ein tag, so wunderschön wie heute" mit den fünfzigtausend fußballfreunden schmettert, die Mutter, die beim bulettenbereiten mit Roger Whittacker ein küchenduett riskiert, er so nett, sie sopran, oder so, das Kind, das mit Nena, mit Nina oder Giannina mitsummt, mitträllert: sie alle versuchen zu singen, miteinander zu singen, einmal im jahr miteinander zu singen: die kinderlein singen, die elterlein singen, sie singen doch all. Alle jahre wieder, mit: löblichem, wenn auch nicht: lieblichem klang klinget's die erde entlang … Und wörter werden gesungen, altüberliefert, aus der frühzeit der sprache, sprachgeschichten im alltag: „jauchzen", „aufjauchzen", „erfreuen", „erlaben", „traut", „heilig", „hochheilig", „holder knabe", „kundgemacht", „bübchen", „stübchen", „hernieder", „kling", „klingelingeling", „hellglänzend", „anbetend", „jubelnd", „reinlich", „redlich", „wie sie gesungen", „tut sich dann schwingen", „kommet", „eilet", „ist so kalt der winter", „Christ ward geboren". Und erst die reime: „zeit" auf „freud", „hört" auf „erd", „kinder" auf „winter", „türen": „erfrieren", „stall" und „strahl", „fröhlich" und „selig", also: fröhlich und selig wird dabei kein deutschlehrer, keine lehrerin, aber einmal im jahr, und miteinander, und althochdeutsch, also: unverzichtbar, die weihnachtslieder, die lieder zur weihnacht, und damit: die weihnacht. „Wieso weihnachten?" Wieso nicht!

Argument 4: Einander beschenken
Das weihnachtsschenken, auch altüberliefert, einzig im jahr: keine geburtstags-einseitige-geschenk-kommunikation, alles schenkt, einer dankt: dankedankedankedankedankedankedankedankedankeusw., nein, dieses schenken zur weihnacht ist noch echte geschenk-kommunikation, umkehrbar, die beschenkte schenkt selber, der schenker wird zum beschenkten, wie du mir, so ich dir schon lange, do ut des, ich schenke, damit du schenkst, schenk mir was gutes, dann ich dir auch, wehe wenn nicht, geschenkabtausch, tauschhandel, altüberliefert: unverzichtbar. Weitere gründe will ich mir schenken.

Argument 5: Zusammen fernsehen
Das weihnachtsfernsehen, eher jungüberliefert, doch schon als wundertätig bewährt: großmutter, mutter, vater und kind in blauflackernder stube versammelt sind, alle blicke blicken parallel, die volle familienaufmerksamkeit gilt der matten scheibe da vorn, friede herrscht, weihnachtsfriede, streit kommt nicht auf, da müsste geredet werden, gesprochen, argumentiert, gestritten, aber: gesprochen wird nicht, das ist ja das wunder, das wunder der weihnacht, stille herrscht: stille nacht, heilige nacht, fernsehnacht: auf „Heidi“ folgt „Bambi“ folgt „Sissy“ folgt „Alice im Wunderland“ folgt „Man lebt nur zweimal“ folgt „Christmas-Krimi“: stumm wird nahrung gereicht, äpfel, nüss’ und mandelkern’ isst zum fernsehn jeder gern, es reicht das licht vom fernsehen, dass man nachsehen kann, was gereicht wird: zimtsterne, lebkuchen blau,

so blau, auch die dominosteine: kein stein des anstoßes, das weihnachts-TV, im gegenteil: O du fröhliche, o du selige, friedenbringende fernsehzeit.

Argument 6: Evtl. miteinander reden
(Aus platzgründen nicht weiter ausgeführt, auch nicht unbedingt als „unverzichtbar“ einzustufen, was das „eventuell“ bereits andeutet: man kann ja das ganze jahr miteinander reden!)

Resümee aus (sechs bis) fünf argumenten:
Weihnacht ist sinnvoll, sinnreich, sinnenreich, alle fünf sinne werden geübt: wir riechen den baum, wir schmecken die gans, wir hören die lieder, wir fühlen und tasten geschenke und sehen TV: alle fünf sinne, wann hat man das sonst? Oder anders: hörbarer baum, duftende gans, geschmackvolle lieder, ansehnliche geschenke, tastenreiches TV: weihnachten sinnenreich, weihnachten sinnvoll, weihnachten unverzichtbar! Wieso „Wieso Weihnachten?“?

Ingeborg Drewitz

Barbaratag

Am Barbaratag Kirschzweige schneiden, damit sie am 24. Dezember blühen – in meiner Kindheit habe ich davon nichts gewusst. Noch immer habe ich nicht die Ursache der völligen Abwendung von traditionellen Bräuchen in meiner Familie ergründen können, kann nur vermuten, dass die Zuwandererfamilien meiner Voreltern durch die Armut, die sie gekannt hatten, durch ihre flüchtige Berührung mit dem Sozialismus, durch die Viertelbildung, die sie sich neben der Arbeit erschlossen haben, jene Scheu in sich hatten aufkommen lassen, die sie jeder Gefühlsäußerung gegenüber hatten. Vielleicht war es auch die Scheu, irgend, was auf ländliche Herkunft hätte schließen lassen, auch nur zu erinnern.

So habe ich erst als Erwachsene von dem schönen Brauch gehört und ihn mit meinen Kindern zusammen wieder aufgenommen. Ich seh' uns bei Schneegestöber nach Kirschbäumen in den Laubengärten suchen, überhängende Zweige ausmachen, um sie bei einbrechender Dunkelheit gleich zu finden, noch ehe der Haupteingang der Laubenkolonie abgeschlossen würde. Ich seh' mich mit den Zweigen unterm Mantel heimkommen, die Kinder in die Küche holen, ihnen die Anschnitte zeigen, ihre Finger die Feuchte spüren lassen, den Saftdruck, der im November einsetzt, ich seh' uns die Zweige ordnen, die Knospen zählen. Und wie wir das zögernde Anschwellen der Knospen beobachten von Tag zu Tag. Ein bisschen schlechtes Gewissen war schon dabei, aber ich hatte nachgelesen, dass das Obst geschnitten werden muss. Über die heilige Barbara hatte ich nichts nachgelesen. Es genügte uns das Wunder des Erblühens, Jahr für Jahr. Mal schnitt ich die Zweige bei schneidender Kälte, mal bei Regen. Und im Aprilmai prüften wir auf unseren Spaziergängen, ob die Kirschbäume uns nichts nachtrugen. Und im Juli gingen wir in die Laubenkolonie, um Kirschen zu kaufen. „Wenn Sie wollen, können Sie im Dezember rings um den Baum schneiden. Was draußen überhängt, ist doch so zufällig!“ Ich sah den Mann an, der seine Kirschen in Spankörben ausgestellt hatte. Der hatte mich also doch beobachtet.

„Na, wer'n Se man nich rot, junge Frau. Klar kenn ich Sie. Komm' Se ruhig über Tag, wenn wieder Dezember is.“

Gegen so viel Freundlichkeit brauchte ich keine Ausrede. Und die wäre mir auch gar nicht eingefallen. Der Mann hängte den Kindern Kirschen über die Ohren. Und im Dezember sind wir alle hingegangen. Die Laube war überheizt, in die er uns einlud, und Holzgeschnitztes hatte er für die Kinder, auch Pfefferkuchen. „Ich bin Witwer“, sagte er. „Und meine Jungs, na ja, die war'n so etwa Ihr Jahrgang. Darum bin ich allein.“ Er zeigte uns den Komposthaufen; und dass da ein Igel überwinterte, machte die Kinder neugierig. Aber das ginge nicht, den stören. „Kommt im Frühjahr, wenn so'n richtiger warmer Sonnentag ist. Da schlabbert er die Milch aus der Schüssel.“

Wir haben ihn immer wieder besucht im Junijuli und am 4. Dezember und im Frühjahr, bis die Laubenkolonie aufgelassen wurde und die Bagger sich ins Gelände fraßen. Da ist denn auch der Kirschbaum, den er aufgepfropft hatte, um ihn zu veredeln, mit in die Greifer geraten. Wir haben dem Mann noch geholfen, den eisernen Ofen auf den Handwagen zu heben. Wir haben dann nie mehr von ihm gehört, obwohl er eine Postkarte versprochen hatte „aus'm Westen, wenn ich erst wieder 'n Kirschbaum hab".

Ernst Herbeck

Weihnachten 1967

Dieses Gedicht schrieb Ernst Herbeck in drei Variationen, die hier nacheinander wiedergegeben sind.

Weiß ist der Schnee, die Liese zu forsten.
den Arzt zu genügen, und den Deutschen zu horsten.
Dann den Doktor zu fragen,
und den Deutschen zu bargen.
die Weihnacht zu wälzen,
und die Liebe zu Pelzen.
die Kerzen zu zünden,
und den Baum zu entmünden
den Soldaten im Einsatz
den Krieg zu vermindern.
den Herrschern zu helfen.
den Krieg zu versalzen
und den Menschen zu lindern.
der Fahne zu dienen
und der Mutter zu balzen
du liebe Not,
die Welt ist nah,
gebt mir das Brot
ich bin der Bar.
Weihnacht
Königin die Welt ist offen.
Kinderin die Zeit ist nah.
Schnee ist gefallen, und Reif und Frost steht auf der Tür.
Die Liebe im Herzen, das tut uns alten Deutschen so weh.

Das Schwerste zu schaffen und das Schönste zu leiden
            Weihnachten.
Das wird uns allen Leid tun.
Als der Winter zu uns kam.
Liebe Einsatzalzbullen.
Als der Frühling sprach,
Bitte gebt uns ein Stück Brot.
Seht her meine Lieben ich halte das Banner.
            Weihnacht.
Du liebe Zeit, die Welt ist nah.
Kinderin die Welt ist offen
Königin die Welt ist nar.

weiß ist der Schnee die Ilse zu forsten.
den Arzt zu genügen und den Deutschen zu horsten.
dann den Doktor zu fragen,
und den Deutschen zu bargen.
die Weihnacht zu wälzen
und die Liebe zu petzen.
die Kerzen zu zünden, und
den Baum zu entmünden.
den Soldaten im Einsatz
den Krieg zu vermindern.
den Herrschern zu helfen.
den Krieg zu versalzen
und den Menschen zu lindern.
der Fahne zu dienen
und Mutter das balzen
du liebe Not die Welt ist nah.
gebt mir das Brot
ich bin der Bar.

Helmut Qualtinger

Eine schöne Bescherung

„Kinder! Kinder!"
(Ausruf eines Politikers bei der Weihnachtsrede eines Parteikollegen)

Alljährlich, wenn wir uns anschicken, Weihnachten, das weltweite Fest des Friedens, zwischen den verschiedenen, teils schwelenden, teils lodernden internationalen Brandherden zu feiern, wendet sich der Blick mit Genugtuung der Heimat zu, die innerhalb ihrer ach! so engen, aber zum Glück noch vorhandenen Grenzen immer wieder einen reichgedeckten Gabentisch für ihre lieben Landeskindlein bereitzustellen weiß, der auch nicht so mancher herzlichen, so mancher launigen Überraschung entbehrt.

Wie das Zentralinstitut für Christkindlmarktforschung mitteilt, wird dieses Jahr der erweiterte, mit Spannung erwartete Gemeindebaukasten aus papierdünnem Pappendeckel mit den schönen, bunten Ausschneidebogen feilgeboten werden. Durchschlagenden Erfolg erwartet man sich allgemein von dem alteingeführten Krankenkassenspiel „Mensch, ärgere dich!", das seine Anhänger, aber auch seine Gegner immer wieder in seinen Bann zu ziehen weiß. Die andere der beiden Regierungsparteien beschert ihren Anhängern eine etwas konservativere Zerstreuung, das Bauernschnapsen, von dem man allerdings behauptet, daß es kein Kinderspiel sei, sondern ein Fraktionsspiel. Den größten Verkaufsschlager stellt aber nach wie vor das bei alt und jung gleichermaßen beliebte Koalitionsspiel „Schnipp, Schnapp!“ dar, das durch die infolge der Sparmaßnahmen des österreichischen Rundfunks daselbst bevorstehende neue Postenverteilung gerade in diesem Jahr um eine reizvolle Variante bereichert werden konnte. Die Neuauflage dieser Kartenspiele ist um so notwendiger geworden, als ein weitverbreitetes Quartettspiel mit einheimischen Politikerköpfen im Zuge der Abschaffung der Grusel-Comics einem Verbot zum Opfer fiel und das allein übriggebliebene Schneiderhan-Quartett nach Ansicht von Fachleuten der Spielwarenbranche keineswegs als Ersatz dafür angesprochen werden kann.

Ein motorisiertes „Vater, leih mir d’ Scher“ soll unsere Kleinen auf die Probleme vorbereiten, die ihnen in der reiferen Jugend oder im unreiferen Alter in unserer Stadt beim Parken entgegentreten werden.

Auf den kulturellen Sektor leitet ein Spiel „Der Radio-Amateur“ hinüber, dessen Gebrauchsanweisung und Spielregeln von Professor Rudolf Henz stammen, während das Büchlein „Die Henzelmännchen“ ein Märchen aus der Urzeit des Rundfunks zu erzählen weiß. „Der kleine Operndirektor“ enthält nicht nur einen internationalen Flug- und Fahrplan, sondern versetzt seinen jugendlichen Leser in die Lage, schon nach flüchtiger Lektüre die Funktionen Karajans in der Staatsoper zu übernehmen. Das Atomforschungsbändchen „Der kleine Einstein“ oder „Wir basteln eine Wasserstoffbombe“ verspricht der geplagten Hausfrau mindestens für zwei Tage Ruhe vor ihren wißbegierigen Sprößlingen beziehungsweise das Ende aller Sorgen, die sie ihr bereiten. „Der kleine Hausdoktor“ wird auf Wunsch mit einer elektrisch betriebenen Knochensäge geliefert, die auch an den Mixer angeschlossen werden kann, wenn dieser dem jugendlichen Experimentator bisher standgehalten haben sollte, und „Der kleine Kino-Amateur“ ermöglicht es jedem Halbwüchsigen, innerhalb von vierzehn Tagen Filme in der Qualität der Antel-Filme herzustellen. (Bei Mißerfolg Geld zurück.)

Die heimische Spielwarenerzeugung bringt ferner Stehaufmanderln in Beamtenkleidung heraus sowie das kostspielige „Ministerienspiel“, welches aus einer unzugänglichen Ritterburg besteht, die von pensionsberechtigten Beamten bevölkert ist, welche sich zwar nicht bewegen, aber beliebig ausgetauscht werden können. Zusätzlich wird auch ein Zauberkasten geliefert, in dem jede gewünschte Anzahl von Akten verschwindet. Aus England kommt eine Musterkollektion von Überfallschirmjägern, die sich zwar aufziehen lassen, aber meist in die falsche Richtung marschieren. Ebenso wird die anglo-französische Fassung der Max-und-Moritz-Geschichte importiert, die unter dem Titel „Eden und Mollet“ erscheint und mit dem Sprüchlein „Dieses war der erste Streich, doch die UNO folgt sogleich ...“ alle kleinen Leser im Fernen Osten begeistert.

Amerika schickt, nachdem der Versuch gescheitert ist, einen Nußknacker mit den Zügen John Foster Dulles' an den Mann zu bringen, seinen neuen Eisenhower-Nußknacker, der sich an den härtesten Nüssen, die in Europa aufzutreiben sind, bewähren soll. Eine Übersetzung Mark Twains ins Waldviertlerische, „Huckleberry Figl“, soll unserem Büchermarkt neuen Aufschwung verleihen. Rumänien sendet uns die Vexierbilderserie „Wo ist der Nagy?“, während aus Rußland eine schießende Nähmaschine eingeführt wird, welche originellerweise den Aufdruck „Made in Austria“ trägt.

Schließlich erhalten wir von den Vereinten Nationen das große „UNO- oder Aggressionsspiel“, bei dem die roten Figuren nur vorrücken, die anderen nur zurückziehen dürfen und die Beobachter überhaupt nicht zum Zug kommen.

Georg Kreisler

Weihnachten ist eine schöne Zeit

Weihnachten ist eine schöne Zeit,
denn es wird gefeiert weit und breit.
Bitte, alle mit mir singen:
Weihnachten ist eine schöne Zeit.

Weihnachten ist eine schöne Zeit,
insbesonders wenn es tüchtig schneit.
Durch die Flocken klingen Glocken.
Weihnachten ist eine schöne Zeit.

Mutter kriegt Toilettenseife,
die sie zum Toilettenwaschen braucht.
Vater kriegt eine neue Pfeife,
weil er schon seit Jahren nicht mehr raucht.

Weihnachten ist eine schöne Zeit,
wenigstens das sagen alle Leut.
Nicht verschnaufen! Weiterkaufen!
Weihnachten ist eine schöne Zeit.

Ich bekomm viel schöne Bücher.
Leider sind es jene Bücher,
die ich schon gelesen und gehaßt.

Tante kriegt zwei Seidenblusen,
wobei ihr von beiden Blusen
weder eine noch die andre paßt.

Oma kriegt die Samowaren,
die sie selbst vor zwanzig Jahren
irgendwem gegeben hat, zurück.
Onkel kriegt zehn Taschentücher.
Taschentücher braucht er sicher,
denn er hat eine Taschentuchfabrik.

Weihnachten ist eine schöne Zeit.
Drüber gibt es sicher keinen Streit:
Sternderln kleben! Geld ausgeben!
Weihnachten ist eine schöne Zeit.

Zwar es geht nicht jeder in die Kirche,
denn Weihnachten gibt's anderes zu tun untertags.
Dafür kauft dann jeder eine schiache
Kerze mit ein' Engerl dran, aus Plastik oder Wachs.

Und am Weihnachtsabend, wie erquicklich!
Man speist mit der Verwandtschaft,
die man's ganze Jahr vermied.
Nach dem Essen fühlt man sich so glücklich,
weil man die Verwandtschaft dann
ein Jahr lang nicht mehr sieht.

Weihnachten ist eine schöne Zeit.
Das ist sicher keine Neuigkeit.
Goschen halten! Hände falten!
Weihnachten ist eine schöne Zeit.

Gib uns Frieden, Fest des Friedens!
Gib uns Liebe, liebes Fest!
Gib, daß man statt Platitüden
uns die Wahrheit sehen läßt!

Gib uns Weisheit und Verständnis!
Laß uns nicht beim Lügen lachen!
Und verleih uns die Erkenntnis,
wie aus Menschen Menschen machen!

Laß uns nicht beim Geben sparen!
Laß uns nicht in Zorn entbrennen!
Gib, daß wir in Zukunftsjahren
endlich ehrlich sagen können:

Weihnachten ist eine schöne Zeit!
Weihnachten ist eine schöne Zeit!
Freut uns auch nicht, was wir kriegen,
macht uns Freude, was wir bringen.
Geben wir auch, weil wir müssen,
einmal wird es uns gelingen,
daß wir geben, weil wir wollen.
Dann laßt uns zusammen singen:
Weihnachten ist eine schöne Zeit!

Guy de Maupassant

Heilige Nacht

„Das Weihnachtsmahl! Das Weihnachtsmahl! Oh, nein danke, Weihnachten werde ich nicht feiern!“

Dies sagte der dicke Henri Templier wütend, als ob man ihm einen niederträchtigen Vorschlag unterbreitet hätte. Die andern riefen lachend: „Warum macht dich das wütend?“

„Weil mir das Weihnachtsfest den dreckigsten Streich aller Zeiten gespielt hat und weil mir davon ein unbezwinglicher Abscheu vor dieser albernen Nacht blödsinniger Fröhlichkeit geblieben ist.“

„Wie denn das?“

„Wie? Ihr wollt es erfahren? Nun denn, so hört mir zu.“

Ihr erinnert euch, wie kalt es vor zwei Jahren, gerade zu dieser Zeit, war; eine Kälte, daß sie die armen Teufel auf der Straße hätte um ihr Leben bringen können. Die Seine fror zu; durch die Sohlen der Stiefel hindurch verwandelten die Gehsteige die Füße zu Eisklumpen; man hätte meinen können, die Welt werde nächstens zerbersten.

Ich hatte damals etwas Umfangreiches in Arbeit und lehnte jede Einladung zum Weihnachtsschmaus ab, weil ich es vorzog, die Nacht an meinem Schreibtisch zuzubringen. Allein nahm ich das Abendessen ein und machte mich danach ans Werk. Doch so gegen zehn Uhr ließen mich der Gedanke an die Fröhlichkeit, welche Paris durchströmte, der Straßenlärm, welcher trotz allem bis zu mir heraufdrang, sowie die Vorbereitungen, die meine Nachbarn für das weihnächtliche Nachtmahl trafen und welche durch die Zwischenwände hindurch zu vernehmen waren, unruhig werden. Ich wußte nicht mehr, was ich tat, schrieb dummes Zeug und sah schließlich ein, daß ich die Hoffnung, in dieser Nacht etwas Rechtes zu schreiben, aufgeben mußte. Eine kurze Weile ging ich in meinem Zimmer auf und ab, ich setzte mich, erhob mich wieder. Ich stand wohl unter dem geheimnisvollen Einfluß der Freude, welche draußen herrschte – und gab mich geschlagen.

Ich klingelte nach meinem Dienstmädchen und sagte: „Angèle, holen Sie mir etwas zu essen für zwei Personen: Austern, ein kaltes Rebhühnchen, Krebse, Schinken und Kuchen. Bringen Sie zwei Flaschen Champagner herauf und gehen Sie dann zu Bett."

Sie gehorchte, etwas überrascht. Als alles bereit war, zog ich meinen Mantel über und ging aus.

Eine schwierige Frage blieb noch offen: Mit wem das Weihnachtsessen teilen? Meine Freundinnen waren da und dort eingeladen. Wenn ich eine für mich hätte haben wollen, dann hätte ich mich vorher darum kümmern müssen. Da kam mir der Gedanke, ich könnte die Sache mit einer guten Tat verbinden. Ich sagte mir: „Paris ist voll von armen und hübschen Mädchen, deren Tisch nicht gedeckt ist und die sich auf der Suche nach einem großzügigen Burschen die Beine vertreten. Ich will für eine dieser Verlassenen den Weihnachtsengel spielen. Ich schweife herum, sondiere, jage und wähle nach Belieben." Dann begann ich meinen Streifzug durch die Stadt.

Natürlich begegnete ich vielen armen Mädchen, die auf ein Abenteuer aus waren, doch sie waren so häßlich, daß es einem hätte den Magen umdrehen können, und dünn, daß sie, wären sie stehengeblieben, zu Eis erstarrt wären. Ich habe, wie ihr wißt, eine Schwäche: ich mag die gutgenährten Frauen. Je fleischiger, desto besser. Ein Koloß läßt mich den Verstand verlieren.

Plötzlich entdeckte ich dem Théâtre des Variétés gegenüber ein Profil ganz nach meinem Gusto. Ein Kopf, dann, vorne, zwei Hügel: die Brust – sehr schön! – und darunter ... erstaunlich: der Bauch einer fetten Gans. Ein Schaudern durchlief mich, und ich murmelte vor mich hin: „Sapristi, welch schönes Mädchen!" Eines blieb noch abzuklären: das Gesicht.

Das Gesicht ist der Nachtisch, das übrige ist ... ist der Braten.

Ich beschleunigte den Schritt, holte die flanierende Frau ein und drehte mich unter einer Gaslaterne unvermittelt nach ihr um. Sie war bezaubernd, blutjung, hatte braunes Haar und große schwarze Augen. Ich machte mein Angebot, sie ging ohne zu zögern darauf ein. Eine Viertelstunde später waren wir bereits in meiner Wohnung und saßen am Tisch.

Beim Eintreten sagte sie: „Oh, hier läßt sich's gut sein." Sichtlich zufrieden, für diese Nacht einen gedeckten Tisch und ein Bett gefunden zu haben, schaute sie sich um. Prächtig war sie, so ausnehmend hübsch, daß ich ins Staunen geriet. Und so dick! – herzbetörend für alle Zukunft. Sie legte Hut und Mantel ab, setzte sich und machte sich ans Essen; doch recht behaglich schien sie sich nicht zu fühlen; dann und wann lief ein Zittern über ihr etwas blasses Gesicht, wie wenn sie unter einem geheimen Kummer gelitten hätte.

„Hast du Ärger?“ fragte ich sie.

„Pah, vergessen wir alles“, antwortete sie und griff nach dem Glas, leerte den Champagner auf einen Zug, füllte nach, leerte das Glas wieder – pausenlos. Bald stieg ein rötlicher Schimmer in ihre Backen, und sie begann zu lachen.

Schon vergötterte ich sie, küßte sie mitten auf den Mund und merkte, daß sie nicht dumm oder gemein und vulgär war wie die andern Straßenmädchen. Ich fragte sie nach Einzelheiten aus ihrem Leben, doch sie sagte nur: „Das geht dich nichts an, mein Kleiner!“

Ach, und eine Stunde später ... Endlich war es Zeit, ins Bett zu gehen, und während ich den gedeckten Tisch vom Kaminfeuer wegrückte, zog sie sich flink aus und schlüpfte unter die Decken.

Meine Nachbarn vollführten einen Höllenspektakel, lachten und sangen wie die Verrückten. „Ich habe“, sagte ich mir, „verdammt gut daran getan, mir dieses schöne Mädchen zu holen; mit der Arbeit wär’s nie etwas geworden.“

Ein tiefes Gestöhne ließ mich den Kopf wenden. „Was ist dir, mein Kätzchen?“ fragte ich sie. Sie gab keine Antwort, fuhr aber fort, Schmerzensseufzer auszustoßen, wie wenn sie grauenhaft gelitten hätte.

„Fühlst du dich nicht wohl?“ begann ich wieder.

Da, auf einmal, stieß sie einen Schrei aus, einen Schrei, der durch Mark und Bein ging. Eine Kerze in der Hand, stürzte ich herbei. Der Schmerz hatte ihr Gesicht entstellt, sie rang die Hände, keuchte und ließ aus der Tiefe ihrer Brust jenes stimmlose Stöhnen aufsteigen, das dem Röcheln gleicht und das Herz stocke macht.

Außer mir fragte ich: „Aber was hast du denn? Sag mir, was hast du?"

Sie gab keine Antwort und begann zu brüllen.

Auf einen Schlag verstummten die Nachbarn und lauschten, was sich bei mir abspiele.

Wieder drang ich in sie: „Wo hast du Schmerzen? Sag mir doch, wo du Schmerzen hast."

„Oh, mein Bauch! Mein Bauch!" stammelte sie.

Ich schlug die Bettdecke in einem Zug zurück und sah ... sie lag in den Wehen, meine Freunde.

Da verlor ich den Kopf; ich stürzte zur Wand, traktierte sie aus vollen Kräften mit den Fäusten und schrie tobend: „Zu Hilfe! Zu Hilfe!"

Die Tür sprang auf, und eine Menge Leute drang herein: Männer im Abendanzug, Frauen in tief ausgeschnittenen Kleidern, Pierrots, Türken und Musketiere. Diese Invasion verwirrte mich so sehr, daß ich nicht einmal eine Erklärung herausbrachte.

Sie hatten an einen Unfall oder vielleicht gar an ein Verbrechen gedacht, und nun begriffen sie nichts mehr.

„Diese ... diese Frau da", brachte ich schließlich heraus, „sie ... sie liegt in den Wehen."

Da begutachtete sie jeder und gab seinen Senf dazu. Vor allem ein Kapuziner behauptete, sich auf die Sache zu verstehen, und wollte der Natur nachhelfen. Alle waren sie veilchenblau. Ich fürchtete, sie würden sie umbringen, und stürzte barhaupt die Treppe hinunter, um einen alten Arzt zu holen, der in einer Nebenstraße wohnte.

Als ich mit dem Arzt zurückkam, war das ganze Haus auf den Beinen; man hatte die Lichter im Treppenhaus wieder angezündet, und die Bewohner aller Stockwerke hielten meine Wohnung besetzt. Vier Debardeure saßen an meinem Tisch und machten dem übriggebliebenen Champagner und den Krebsen den Garaus.

Ein furchtbarer Schrei ertönte, als man mich erblickte, und eine Milchfrau zeigte mir, eingehüllt in ein Handtuch, ein abscheuliches schrumplig-runzliges Fleischklümpchen, das wimmerte und miaute wie ein Kätzchen. „Es ist ein Mädchen“, sagte sie.

Der Arzt untersuchte die Mutter und erklärte, ihr Zustand sei kritisch, da sich der Vorfall unmittelbar nach dem Essen zugetragen habe. Mit dem Versprechen, er werde unverzüglich eine Krankenpflegerin und eine Amme zu mir schicken, ging er weg.

Eine Stunde später erschienen die beiden Frauen mit einem Paket Medikamente.

Ich war zu verwirrt, als daß ich über die Folgen der Angelegenheit hätte nachdenken können, und verbrachte die Nacht in einem Fauteuil.

Schon früh am nächsten Morgen kam der Arzt wieder. Der Wöchnerin ging es ziemlich schlecht. „Ihre Frau“, sagte er …

„Sie ist nicht meine Frau“, unterbrach ich ihn.

„Dann eben ihre Maitresse, was schert es mich“, korrigierte er und zählte die Pflegemaßnahmen auf, die sie brauchte, die Krankenkost und die Arzneien.

Was sollte ich tun? Die Unglückliche ins Krankenhaus bringen? Im ganzen Haus, ja im ganzen Quartier hätten sie mich für einen Flegel gehalten. Ich behielt sie bei mir. Sechs Wochen lang lag sie in meinem Bett.

Das Kind? Ich ließ es zu Bauersleuten in Poissy bringen. Noch heute kostet es mich jeden Monat fünfzig Francs. Da ich anfangs bezahlt habe, muß ich die Zahlungen nun bis zu meinem Tod fortsetzen. Später wird es mich für seinen Vater halten.

Doch, Gipfel des Unglücks, als das Mädchen wieder gesund war, da … liebte es mich … leidenschaftlich liebte es mich, das kleine Hurending!

„Und weiter?“

„Nun, das Mädchen war dünn geworden wie eine streunende Katze; ich habe dieses Gerippe hinausgeschmissen; nun paßt es mich ab auf der Straße, versteckt sich, um mich vorbeigehen zu sehen, hält mich an, wenn ich abends ausgehe, und küßt mir die Hand, kurz: sie belästigt mich, daß es zum Verrücktwerden ist.

Und nun wißt ihr, warum ich nie wieder Weihnachten feiern werde.“

Detlev von Liliencron

Die Legende vom heiligen Nikolaus

Es waren einmal drei Kinder auf der Welt,
Die gingen zum Ährenlesen ins Feld.
Sie kamen abends an eines Schlachters Bank:
Wir sind hungrig und müd, gib uns Speis und Trank.

Nur herein, lieben Kinder, herein zu mir,
Hier findet ihr alles, auch Nachtquartier.

Kaum sind sie bei ihm und warten auf Brot,
Da schlägt sie der Schlachter mausetot
Und zerhackt sie in viele Stücke klein
Und pökelt sie wie Ferkelfleisch ein.

Es waren einmal drei Kinder auf der Welt,
Die gingen zum Ährenlesen ins Feld.

Nach sieben Jahren ging Sankt Nikolaus
In diese selbe Gegend hinaus.
Er kam vorbei an des Schlachters Bank:
Ich bin hungrig und müd, gib mir Speis und Trank.

Es waren einmal drei Kinder auf der Welt,
Die gingen zum Ährenlesen ins Feld.

Tritt ein, heiliger Nikolaus, tritt ein,
Hier findest du alles, auch Brot und Wein.
Der heilige Nikolaus hat sich kaum gesetzt,
Da hat er am Brot sein Messer gewetzt.

Es waren einmal drei Kinder auf der Welt,
Die gingen zum Ährenlesen ins Feld.

Gib mir von deinem Pökelfleisch zart,
Das dort sieben Jahre schon liegt verwahrt.
Kaum hat der Schlachter gehört dies Wort,
Läuft er stracks aus seiner Ladentür fort.

Es waren einmal drei Kinder auf der Welt,
Die gingen zum Ährenlesen ins Feld.

Aber Schlachter, Schlachter, lauf doch nicht,
Gott verzeiht ja dem reuigen Bösewicht!
Sankt Nikolaus setzt an das Faß sich hin,
Wo rosig das Pökelfleisch lagerte drin.

Es waren einmal drei Kinder auf der Welt,
Die gingen zum Ährenlesen ins Feld.

Hört, ihr Knaben, ihr schlieft nun aus,
Ich bin der große Sankt Nikolaus.
Und der Heilige hob drei Finger baß,
Da sprangen die Drei heraus aus dem Faß.

Es waren einmal drei Kinder auf der Welt,
Die gingen zum Ährenlesen ins Feld.

Der erste spricht: Wie schlief ich gut.
Der zweite: Auch ich hab sanft geruht.
Und der dritte, dreikäsehoch, gähnt und sagt dies:
Mir träumte, ich war im Paradies.

Es waren einmal drei Kinder auf der Welt,
Die gingen zum Ährenlesen ins Feld.

Egon Friedell

Die österreichische Seele
Die Geschichte eines Zeitungsfeuilletons

Die „Frankfurter Zeitung“ hat in ihrer Weihnachtsnummer den interessanten Versuch unternommen, Wesen und Eigenart einer Reihe von Ländern und Völkern nicht von Kultur- oder Sozialpolitikern, sondern von repräsentativen Schriftstellern schildern zu lassen. Für Österreich war Egon Friedell zur Mitarbeit aufgefordert worden.

1. Herrn Dr. Egon *Friedell*, Wien.
Wir wären sehr erfreut, wenn Sie sich an unserer Weihnachtsumfrage, über deren Thema Sie aus der Beilage das Nähere ersehen, beteiligen wollten. Wir sind überzeugt, daß Ihr Beitrag eine Perle werden wird. Gewiß werden Sie das Bedürfnis fühlen, sich über den Gegenstand möglichst umfassend und eingehend zu äußern: trotzdem möchten wir Sie bitten, Ihre Darstellung mit Rücksicht auf die zahlreichen anderen Zusendungen möglichst zu komprimieren.
Hochachtungsvoll
Redaktion der „Frankfurter Zeitung“.

2. Sehr geehrter Herr Friedell!
Wir erhielten ein Couplet „In der Welt geht's drüber, drunter, aber Österreich geht net unter“ aus der Feder des Salonhumoristen *Eugen Friedel*, dem die Post irrtümlicherweise unsere Einladung zugestellt hat. Wir

schicken Ihnen anbei einen Durchschlag unseres Briefes und erwarten Ihr Manuskript in spätestens acht Wochen, das ist bis zum 15. Dezember.
„Frankfurter Zeitung".

3. Herrn Schriftsteller Hans *Saßmann*, Wien.
Lieber Freund,
es wird Dich gewiß freuen, zu hören, daß mich die „Frankfurter Zeitung" zu einem Weihnachtsbeitrag aufgefordert hat. Noch selten hat mich eine Arbeit so interessiert wie diese. Endlich erinnert man sich an das Land Walthers von der Vogelweide! Das Ausland braucht uns halt doch! Und Österreich wird ihm zeigen, was es kann. Der Beitrag muß eine Perle werden. Du wirst daher einsehen, wie wichtig es ist, daß Du Dich sofort an die Arbeit machst. Aber bitte, nicht zu kurz, sonst heißt es gleich wieder, daß wir nur Plaudereien schreiben. Ich erwarte dein Manuskript in spätestens acht Tagen.
Dein Egon Friedell.
P. S. Gib acht, daß nichts vorkommt, was bei Bahr und Hofmannsthal Anstoß erregen könnte. Das ist das Wichtigste.

4. Lieber Friedell,
ich bin sehr erfreut und geschmeichelt, daß du an mich gedacht hast. Auch mich hat noch selten eine Arbeit so interessiert wie diese. Nur kannst Du nicht verlangen, daß ich dir meine *wichtigsten Überzeugungen* zum Opfer bringe. Warum soll man *Bahr und Hofmannsthal* nicht *giften*? Gerade bei der Behandlung eines so ern-

sten Gegenstandes, wo noch dazu die ganze Welt auf uns blickt, dürfen keine *persönlichen Rücksichten* mitsprechen. Das wäre *österreichisch*.
Das Manuskript erhältst Du binnen drei Tagen. Um welches Thema handelt es sich denn überhaupt?
Dein Hans Saßmann.

5. Lieber Saßmann,
ich habe es kommen sehen, daß ich, sowie ich mich mit Dir einlasse, sofort Scherereien haben werde. Ich habe natürlich keine Zeit gehabt, den Brief so genau zu studieren, weil ich rasch ins Theater mußte, um ihn dort herumzuzeigen, und kann ihn jetzt absolut nicht mehr finden. Möglicherweise habe ich ihn im Café Prochaska auf dem Stammtisch liegen lassen. Im Café Grillhuber habe ich ihn bestimmt noch gehabt. Es kann auch sein, daß mir ihn in der City-Bar jemand gestohlen hat, um sich damit patzig zu machen. Ich ermächtige Dich jedoch, bei der „Frankfurter Zeitung" anzufragen, worum es sich handelt.
Dein Friedell.

6. Lieber Friedell,
ich tue doch gewiß alles, was nur menschenmöglich ist, aber das kannst Du nicht von mir verlangen. Ich kann doch nicht an eine Zeitung schreiben, von der ich kein einziges Redaktionsmitglied persönlich kenne. Ich weiß auch gar nicht, wie man eine solche reichsdeutsche Redaktion anredet. Zum mindesten müßtest Du mir also das Konzept des Briefes aufsetzen.
Dein Saßmann.

Gestern im „Schriftstellerklub“ sind alle zersprungen, weil Du mich und keinen von ihnen aufgefordert hast.

7. Lieber Saßmann,
zuerst hast Du die Sache mit Begeisterung übernommen, und jetzt soll ich alles für Dich machen. *Große Reden führen* und dann *nichts leisten: das ist echt österreichisch.*
Dein Friedell.

8. Lieber Saßmann,
habe soeben vom Zahlkellner im Café Demimonde erfahren, daß es sich um einen Artikel über Österreich handelt. Jetzt hast Du also keine Ausrede mehr.
Dein Friedell.

9. Lieber Friedell,
über Österreich zu schreiben ist schwer. Was wird das Ausland dazu sagen?
Saßmann.

10. Hochverehrter Meister!
Sehr geschätzter Herr Saßmann!
In meinem Restaurant habe ich erfahren, daß Sie der Hauptmitarbeiter der „Frankfurter Zeitung“ sind. Schon lange war es mein Wunsch, an diesem hervorragenden Organ ebenfalls mitarbeiten zu dürfen. Es wird Ihnen ein Leichtes sein, durch Ihre Beziehungen dies zu vermitteln. Ich habe mich zwar bis jetzt noch nicht schriftstellerisch versucht, bin aber ein langjähriger persönlicher Bekannter von Franz Werfel. Sollte Ihnen

eine mündliche Aussprache erwünscht sein, so finden Sie mich täglich von zehn bis eins und drei bis sechs im Café Pyramide.
In aufrichtiger Bewunderung
Franz Zehntbauer,
städtischer Marktkommissär.

11. Sehr geehrter Herr Friedell,
wir vermissen Ihren Beitrag. Wir rechnen um so gewisser auf sofortige Einsendung des Manuskripts, als es uns so kurz vor Weihnachten nicht mehr möglich wäre, für Sie einen Remplacanten zu finden.
Ergebenst „Frankfurter Zeitung".

12. Lieber Saßmann,
Weihnachten steht vor der Tür, und Du hast mir noch immer nicht die englische Seife für Lina besorgt. Echt österreichisch!
Dein Friedell.

13. Dringendes Telegramm an Egon Friedell.
Rasute blifta settmil hapta hapta 1/2.
„Trankfurter Leitung".

14. Lieber Saßmann,
zu meiner Bestürzung erfahre ich im Café Eden, daß Du den Beitrag für die „Frankfurter Zeitung" richtig verschlampt hast. Damit hast Du mir ungemein geschadet; denn das hätte für mich der Anfang einer dauernden Mitarbeit werden können, und außerdem

werden sie mich jetzt bei der nächsten Rundfrage möglicherweise übergehen.
Ganz abgesehen vom *Prestige beim Ausland*. Das alles verdanke ich Dir!
Friedell.

15. Lieber Friedell,
ich weiß nicht, was Du noch haben willst. Erst vorige Woche war ich in drei Gesellschaften, die bisher noch nie das geringste von Dir gehört hatten und sich jetzt um mich gerissen haben, bloß weil ich mit Dir bekannt bin. Überall werde ich vorgestellt als „der Freund des berühmten Friedell, der die ‚Frankfurter Zeitung' hat aufsitzen lassen". Du bist die populärste Persönlichkeit von Wien. Und das verdankst Du mir. Du siehst also, daß ich doch nicht so „unzuverlässig" bin, wie Du immer behauptest.
Saßmann.

16. Lieber Saßmann,
in Österreich wird man eben nur zum großen Mann, wenn man etwas *auffällig nicht tut*. Kaiser Josef hat unter größtem Aufsehen keine Reformen durchgeführt, Laudon hat unter allgemeiner Aufmerksamkeit Friedrich den Großen nicht besiegt, und Lueger hat unter ungeheurem Zulauf nichts für Wien geleistet. Für die „Frankfurter Zeitung" haben schon viele nicht geschrieben, aber keiner ist dadurch der Mittelpunkt Wiens geworden. Weil die anderen eben alle kein Talent hatten. Zumindest kein österreichisches Talent.
Friedell.

17. Von der Steuerbehörde für den 18. beziehungsweise 19. Bezirk, Wien, Niederösterreich.

Herrn Dr. Egon Friedell, Chefredakteur der „Frankfurter Zeitung".
Auf Grund der amtlichen Erhebungen werden Sie auf Grund Ihrer Lohngenüsse beziehungsweise dauernden Emolumente aus Ihrer Tätigkeit als ausschließlicher Verfasser der periodischen Druckschrift „Frankfurter Zeitung" für die Jahre 1926 bis 1929 in die Gruppe I a der allgemeinen Erwerbssteuer, respektive I b der temporären Einkommensteuer eingereiht. Die Höhe der vorauszuzahlenden Nachtragssteuer wird aus der Einkommenstufe für das zweite Semester der unmittelbar dem dazwischenliegenden Jahre des vorhergehenden dritten Halbquartals als zweite Rate der Zuwachsstaffel vorgeschriebenen Katasterumlage, jedoch vermehrt um den mit der Steuernovelle vom 3. Jänner 1921 für die nicht in die für die unter die Befreiung von der direkten Einkommensmehrertragssteuer fallenden vorgesehenen kommunalen Erwerbszuschlag, jedoch abzüglich der bereits für die der Versteuerungsperiode vorausgegangenen letzten drei – soweit sie noch in diese Periode fallen – schuldigen Vermehrungssteuerquoten bis spätestens zum als Stichtag geltenden 1. Dezember 1926 eingezahlten Beträge errechnet.

Herbert Rosendorfer

Der Weihnachtsdackel

Der 24. Dezember war in jenem Jahr, an das Besenrieders zeit ihres Lebens nur mit Schaudern zurückdenken, ein Freitag.

Strenggenommen hatte Günther Besenrieder – ein durch nichts sich von anderen Beamten unterscheidender Oberinspektor beim städtischen Eichamt – am Vormittag noch Dienst, aber das war kein echter Dienst, denn erstens: wer kommt am 24. Dezember ins Eichamt? Und zweitens: der Amtmann Grünauer hatte eine Bowle und hausgemachte Kekse von daheim mitgebracht und verfügte die Abhaltung einer Weihnachtsfeier.

Jeder versuchte einen höflichen Schluck der von Frau Amtmann Grünauer liebevoll zubereiteten Bowle und besorgte sich dann heimlich ein Bier. Grünauer war beleidigt, als er die Bowle wieder mit heim nehmen mußte, und wünschte nur: „Schönes Wochenendel" und nicht „Frohe Feiertage!"

Bei dem nachtragenden Amtmann verhieß das für das Betriebsklima der nächsten Woche nichts Gutes, aber das war das wenigste an den Turbulenzen dieser Tage, vor allem weil Besenrieder – was er naheliegenderweise noch nicht ahnte – nicht Gelegenheit hatte, an der grantigen Woche Grünauers zwischen den Weihnachtsfeiertagen und Silvester teilzunehmen.

Gegen zwei Uhr kam Besenrieder heim. Frau Besenrieder hatte ihn um zwölf erwartet. „Und zwar nüchtern!“ sagte sie, und fügte noch einen größeren Schwall Wörter hinzu, wie er sich das denke, ob sie denn alles allein machen solle, daß noch kein Baum geschmückt sei, daß man noch auf den Friedhof und zu den Eltern fahren müsse, daß die Kinder unausstehlich seien und das erstemal kurz nach acht gefragt hätten, wann endlich das Christkind käme. Besenrieder sagte: „Es hilft alles nichts: ich muß noch einmal fort. Dein Weihnachtsgeschenk ...“

Frau Besenrieder stieß einen Schrei aus, heulte: „Ich werde wahnsinnig!“ und rekapitulierte in rascher Folge, welche Katastrophen hauptsächlich durch das Verschulden ihres Mannes in den vergangenen Jahren zu Weihnachten über die Familie hereingebrochen waren: damals, im ersten Ehejahr, wo Besenrieder nicht daran gedacht hatte, daß in dem jungen Hausstand noch kein Christbaumständer vorhanden war, und wo dann nichts anderes übriggeblieben war, als die obersten Zweige des Christbaumes mit Reißnägel an die Decke zu heften; und dann das Jahr, wo Besenrieder steif und fest behauptet hatte, der Christbaumverkauf ende am 24. um 12 Uhr, und man bekomme in den letzten Stunden die schönsten und billigsten Bäume, und in Wirklichkeit endete der Christbaumverkauf am 23. abends, und Frau Besenrieder sei damals mit dem Auto 66 Kilometer kreuz und quer durch die Stadt gefahren und um halb fünf am Heiligen Abend habe sie durch Zufall einen Großhändler in Waldperlach gefunden, der zufällig noch in seinem Geschäft war und gerade mit seiner Sekretärin ein sehr zweideutiges Weihnachtsfest gefeiert habe; der Großhändler habe seine Hose unwillig zugeknöpft und ihr – Frau Besenrieder –, weil sie Tränen in den Augen gehabt habe, eine schiefe Zwergfichte für ein Vermögen verkauft, und auch die nur unter der Bedingung, daß sie ihm noch zwei Steigen schon sehr weiche Tomaten – ebenfalls für ein Vermögen abkaufe, aus denen sie dann einen Tomatenauflauf gemacht habe, von dem der Familie noch zu Dreikönig schlecht war.

Günther Besenrieder setzte sich still in die Wohnküche und rülpste.

Natürlich war es bei der Feier im Eichamt nicht bei der einen Flasche Bier geblieben. Aber eigentlich betrunken war Besenrieder nicht, nur flau war ihm im Magen. Das kam wahrscheinlich davon, daß er sich verpflichtet gefühlt hatte, wenn er schon nicht die Bowle trank, wenigstens die Kekse der Frau Amtmann Grünauer zu essen. Nach einiger Zeit beruhigte sich Frau Besenrieder. Während Günther Besenrieder mit dem ältesten Sohn den Baum aufstellte und schmückte, erledigte Frau Besenrieder mit dem jüngeren den Besuch bei ihren Eltern und am Friedhof, und als sie gegen vier Uhr zurückkamen, war es schon dunkel, auf den Straßen war es ruhig geworden, leiser Schnee rieselte, aus manchen Fenstern schimmerten schon Kerzen, und Friede und Ruhe und der Duft von gebratenen Äpfeln senkten sich auf die Welt.

„So“, sagte Günther Besenrieder, gab seiner Frau einen weihnachtlichen Kuß und ging. In längstens 20 Minuten, sagte er, sei er wieder da. Er müsse das Geschenk für seine Frau holen, ein sehr schönes, eigenartiges Geschenk, das seiner Art nach leider ungeeignet gewesen sei, in der Wohnung versteckt zu werden. Auch die Kinder, sagte Besenrieder, würden sich darüber freuen.

Im Stiegenhaus – das ist für die Geschichte nicht ohne Bedeutung – überholte Besenrieder das ältliche Ehepaar Astfeller aus dem zweiten Stock. Sie schleppten Koffer und größere Pakete. Weihnachtlich weich half Besenrieder bis zur Haustür tragen. Er wünschte frohe Feiertage. Astfellers dankten und erzählten, daß sie zu ihrer verheirateten Tochter nach Bad Aibling führen, um mit ihr und den Enkeln das Fest zu verbringen. Erst am Neujahrstag würden sie wieder zurück sein.

Als Besenrieder zwanzig Minuten später mit dem Dackel zurückkam, begegneten ihm die Eheleute Geist, die einen Stock unter den Besenrieders wohnten.

„Oh", sagte Frau Geist, „Sie haben jetzt ein Hündchen? Wie süß!"

„Das Weihnachtsgeschenk für meine Frau", sagte Besenrieder.

„Lieb schaut er aus", sagte Herr Geist. Dann wünschte Herr Besenrieder dem Ehepaar Geist frohe Feiertage und erfuhr mit den Gegenwünschen, daß die Geists die Feiertage bei ihrem Sohn in Deisenhofen zubringen wollten und daß es jetzt langsam pressiere, weil man doch, noch dazu, wo es jetzt zu schneien angefangen habe, und man nicht schnell fahren könne, eine gute halbe Stunde nach Deisenhofen hinaus brauche und weil man rechtzeitig zur Bescherung da sein wolle.

Günther Besenrieder hatte den Dackel – Adolar von Königsbrunn – nebst Stammbaum bereits in den ersten Dezembertagen in einer Tierhandlung erworben und bezahlt. „Aber es soll natürlich eine Überraschung für meine Frau werden“, hatte Besenrieder gesagt, worauf ihm der Tierhändler anbot, gegen einen bescheidenen Verköstigungsbeitrag das Tier bis zum Heiligen Abend bei sich zu behalten. Besenrieder könne Adolar auch noch am Nachmittag dieses Tages abholen, er, der Tierhändler, habe keine Familie und hasse Weihnachten. Er sitze am 24. Dezember sicher bis sieben Uhr im Geschäft und mache den Jahresabschluß, das könne er, da in der Zeit von Weihnachten bis Silvester erfahrungsgemäß höchstens eine paar Mehlwürmer von Aquarienfreunden gekauft werden, und diese paar Mehlwürmer nehme er buchhalterisch ins neue Jahr hinüber. Übrigens sei der Käufer nicht verpflichtet, den Hund „Adolar“ zu nennen. Der Hund höre nicht auf diesen Namen, auch nicht auf „von Königsbrunn“. In den seltensten Fällen würden die Hunde mit ihrem Namen aus dem Stammbaum gerufen. Für Dackel empfehle sich „Waldi“ oder „Purzel“.

Besenrieder beschloß, den Rufnamen seiner Frau zu überlassen, setzte den Hund vor der Wohnungstür auf den Boden und band ihm eine große rote Schleife mit Goldrand um, wie man sie sonst für Weihnachtspakete verwendet. Dem Dackel war die Schleife unangenehm und er versuchte sie durch Winden des Halses und Pfotenkratzen von seinem Hals zu entfernen. Vielleicht, dachte Besenrieder, ist die Schleife zu eng. Er beugte sich nochmals zum Hund hinunter, faßte nach der Schleife, aber da knurrte der Dackel und bellte laut. Das hörte Frau Resenrieder, machte die Tür auf, schlug die Hände über dem Kopf zusammen und rief: „Nein, wie süßl“ Die Kinder kamen gerannt. Besenrieder sagte: „Er heißt Adolar, aber wir können ihn noch umtaufen“. Der Dackel rannte ins Vorzimmer, rieb den Hals an der Kleiderablage und brachte es fast fertig, die Schleife vom Hals zu zerren.

Alle anderen Geschenke traten in ihrer Bedeutung hinter Adolar zurück. Selbst die Kerzen am Christbaum – was, wie sich später zeigte, förmlich lebensrettend war – wurden nach wenigen Minuten wieder ausgeblasen. Die Weihnachtssendung im Fernsehen wurde ausgeschaltet. Alle vier Besenrieder setzten sich auf den Boden und betrachteten den Dackel.

Der Dackel knurrte.

„Es ist ihm noch ungewohnt“, sagte der älteste Bub.

„Ist er stubenrein?“ fragte Frau Besenrieder. „Selbstverständlich“, sagte Günther Besenrieder. Aber wahrscheinlich war die Erziehung des Dackels nicht davon ausgegangen, daß in der Stube, die ein Hund reinzuhalten hatte, ein Baum steht, nämlich der Christbaum, und er hob das Bein. Aber das war noch das wenigste.

Kurz darauf – Frau Besenrieder hatte einen Kübel und einen Fetzen geholt, um Adolars oder Waldis oder Purzels, je nachdem, Duftmarke aufzuwischen – schaute der Hund den kleineren der Besenrieder Buben mit gesenktem Kopf von unten her an, knurrte nicht nur, sondern fletschte auch die Zähne. Der Bub flüchtete zur Mutter. Die Mutter stellte den Kübel hin (ein Glück im Unglück, wie sich bald zeigte) und nahm den Buben hoch.

„Der Hund ist nicht an Kinder gewöhnt“, sagte Herr Besenrieder.

„Er spuckt Bier“, sagte der ältere Bub.

„Was?“

Adolar knurrte. Frau Besenrieder schrie auf: „Er hat Schaum vor dem Mund“.

Adolar kläffte kurz und heiser zum Buben auf Frau Besenrieders Arm hinauf. Frau Besenrieder flüchtete hinter den Christbaum. „Tu den Hund hinaus ... Günther ... Günther!“ Jetzt brüllte auch der größere Bub. Der Dackel drehte sich im Kreis und rollte die Augen. Frau Besenrieder stieg auf einen Sessel und sagte: „Der Hund hat die Tollwut!“

„Unmöglich“, wollte Besenrieder sagen und auf das Zertifikat verweisen, das er vom Tierhändler über den tadellosen Gesundheitszustand des Hundes bekommen hatte. Besenrieder kam aber nur bis „Unmö ...“ da faßte ihn der Dackel ins Auge und schielte – das sei das fürchterlichste in der ganzen Sache gewesen , erzählte Besenrieder später, als er nach der Scheidung wieder öfters im Gasthaus saß und die Geschichte zum besten gab. Der Dackel schielte wie ein Dämon, nahm einen Anlauf, raste auf Besenrieder zu. Besenrieder riß geistesgegenwärtig die Wohnzimmertür auf, sprang in die Höhe, der Dackel schoß unter ihm durch ins Vorzimmer, Besenrieder schlug die Tür zu.

„Dreh den Schlüssen um!“ kreischte Frau Besenrieder.

„Er kann doch die Tür nicht aufmachen!“

„Dreh den Schlüssel um!“

Da drehte Herr Besenrieder den Schlüssel um. Die Belagerung hatte begonnen.

„Wir müssen die Polizei anrufen“, sagte Frau Besenrieder.

„Wie denn?“ sagte Besenrieder, „das Telefon ist im Vorzimmer“.

Die Lebensmittel waren in der Küche. Zum Glück hatte Besenrieder den Christbaum üppig mit Fondants und Russisch Brot geschmückt. Das half über die ersten Tage. Klopfen an den Wänden war sinnlos. Besenrieder hatte ja gesehen, daß sowohl Astfellers als auch Geists verreist waren.

Sie schrieen aus dem Fenster. Entweder hatten alle anderen Leute ihre Fenster fest verrammelt oder der immer stärker fallende Schnee erstickte das Rufen, jedenfalls antwortete niemand.

Nur einmal zeigte sich im ersten Stock im Haus auf der gegenüberliegenden Straßenseite eine alte Frau. Besenrieder brüllte und winkte. Die alte Frau winkte zurück, öffnete sogar kurz das Fenster und schrie: „Danke – ebenfalls frohe Feiertage!“

Als die Fondants und das Russisch Brot aufgegessen waren, aßen Besenrieders die Kerzen.

Der Hund – wie sich Besenrieder durch gelegentlich kühne Blicke durch den Türspalt überzeugen konnte – ernährte sich vom Vorzimmerteppich, und nachdem er den aufgefressen hatte, von zwei Paar Schuhen. Es schien ihm nicht nur zu schmecken, sondern sogar zu bekommen. Herr Besenrieder hatte nach drei Tagen den Eindruck, der Hund sei merklich gewachsen.

Hunger ist bekanntlich eher zu ertragen als Durst. Im Wohnzimmer war kein Wasserhahn, aber zum Glück war ja der Kübel Aufwischwasser da, und außerdem stand der Christbaum – damit er nicht schnell die Nadeln verlöre – in einer großen Schüssel mit Wasser. Als das Wasser ausgetrunken war, mußte man wohl oder übel an die Spirituosen gehen, die in der Herrenkommode verwahrt wurden.

Die Familie trank im Laufe der Tage drei Flaschen Wermut, eine Flasche Bourbon, zwei Flaschen Scotch und eine Flasche Steinhäger aus. Das hatte den Vorteil, daß die Kinder fast ständig schliefen und daß über Herrn und Frau Besenrieder zeitweilig eine heitere Gelassenheit kam. Doch trotz heiterer Gelassenheit waren die gruppendynamischen Verhältnisse im Wohnzimmer verheerend. Herr Besenrieder erfuhr im Laufe dieser Tage vielfach und in immer rascher werdenden Wiederholungen, was er in der Ehe alles falsch gemacht hatte. Zorn- und Tränenausbrüche wechselten mit Selbstmorddrohungen: „Ich geh' hinaus ins Vorzimmer und lasse mich von der Bestie zerfleischen!“

Und Besenrieder wurde durch die Schraubstocksituation auch nicht gerade ein Engel. Die Eheleute nagten sich seelisch ab bis auf die Knochen. Zum Schluß vergaß sich Besenrieder bis zu einer Ohrfeige, die er seiner Frau gab. Besenrieder tat die Ohrfeige zwar sofort leid, er stand da wie erstarrt. Die Kinder weinten. Frau Besenrieder sagt nur: „So!“, ergriff die letzte

Flasche Sliwowitz und stürzte mit dem Viertelliter, der drin war, alles in sich hinunter, was es im Zimmer noch an Flüssigkeit gab. „Paula!“ rief Günther.

Zu spät. In jeder Hinsicht zu spät. Als Adolar von Königsbrunn am Abend des Neujahrstages endlich doch verhungerte, verließ Frau Besenrieder das Wohnzimmer nur, um ungerührt über die Dackelleiche hinwegzusteigen, im Schlafzimmer ihre Koffer zu packen und zu ihren Eltern zurückzukehren. Die Kinder holte sie einige Tage später, am selben Tag, als gegen Besenrieder ein Disziplinarverfahren wegen unentschuldigten Fernbleibens vom Dienst eingeleitet wurde.

Als Besenrieder vor dem Disziplinarausschuß die Sache mit Adolar erzählte, lachte der Vorsitzende fürchterlich, sagte, das sei ohne Zweifel die originellste Ausrede, die er je gehört habe. Geglaubt wurde Besenrieder nicht. Die Scheidungskosten und der Versorgungsausgleich fraßen Besenrieders Ersparnisse auf. Als er den Schadensersatzprozeß gegen den Tierhändler verlor, mußte er, um die Verfahrenskosten zahlen zu können, sein Auto verkaufen. Er kam nach der Entlassung aus dem Eichamt als Pfleger in einem Tierasyl unter. Immerhin verdiente er soviel, daß er abends in einer billigen Wirtschaft ein paar Biere trinken konnte.

Auch den heiligen Abend verbrachte er regelmäßig in dieser Wirtschaft. Sie hieß „Sporteck“. In vorgerückter Stunde pflegte er den anderen Elendsexistenzen die Geschichte von Adolar und der Tollwut zu erzählen.

Sie war stets ein Lacherfolg.

Kurt Marti

Warum ich keine Weihnachtserzählungen mehr schreibe

1. Weil mir zu Weihnachten nichts einfällt. Weshalb fällt mir nichts mehr ein?
2. Weil es ohnehin schon viel zu viele Weihnachtserzählungen gibt (wenige gute, manche mittelmäßige, viele schlechte).
3. Weil dem horriblen Weihnachtsgeschäft mit Konsumartikeln das Weihnachtsgeschäft mit Weihnachtserzählungen (in den Medien, in zahllosen Sammelbänden und -bändchen) nur zu gut entspricht.
4. Weil die zu vielen, zu gut gemeinten, zu erbaulichen Weihnachtserzählungen den krankmachenden, konflikterzeugenden Druck auf die menschliche Psyche nur noch verstärken. Sie verschärfen in den Lesern, Leserinnen jene ohnehin schon bestehende Spannung (Weihnachtssyndrom), die meint, an Weihnachten etwas Besonderes erleben, tun oder fühlen zu müssen.
5. Weil die biblischen Weihnachtslegenden sowie die alemannisch-germanischen Weihnachts- und Winterstimmungen erzählerisch längst überstrapaziert worden sind.
6. Weil die Unmenge von Weihnachtserzählungen (auch Weihnachtsgedichten) dem Weihnachtsfest eine Priorität verleihen, die ihm gegenüber den anderen christlichen Festen theologisch nicht zukommt. Ostern, Pfingsten sind die christlich relevanteren, für die Verkündigung weitaus bedeutenderen Feste.

Darum widerstehen sie der gefühligen Vereinnahmung und der erzählerischen Vermarktung besser.
7. Weil die unverhältnismäßige Vorherrschaft der Weihnachtsthematik die christliche Literatur – falls von einer solchen ernstlich noch gesprochen werden kann – ebenso verdorben und verzerrt hat wie die erzählerische Dürftigkeit oder sogar Stummheit anlässlich des Oster- und erst recht des Pfingstgeschehens.
8. Weil das Weihnachtsfest, konsumistisch aufgeblasen, theologisch entleert, total verbürgerlicht ist und erzählerisch bloß noch affirmative Bürgerlichkeit reproduziert (CDU-Literatur, gewissermaßen).
9. Weil – summa summarum – Weihnachten in unseren nördlichen Breiten längst zerzählt ist.
10. Weil – wenn schon! – Ostererzählungen, Pfingsterzählungen ungleich wichtiger wären, ich selber aber nicht fähig bin, zu einem gegebenen Anlass oder Thema Geschichten zu erfinden. Erst müsste etwas passiert oder von mir erlebt worden sein. Bisher habe ich leider noch nie etwas Erzählenswertes erlebt, das einen direkten Zusammenhang mit dem christlichen Festkalender hat.

Advent heißt,
dass jeder hektisch ist

Egyd Gstättner

Die heilige Familie

Wer heute noch allen Ernstes Klagelieder anstimmt, weil der Advent nicht die stillste, sondern ganz im Gegenteil die lauteste und hektischste Zeit des Jahres, weil Weihnachten nicht das Fest der Liebe, sondern der Geschäftsleute ist, das Wirtschaftswunder dem Weihnachtswunder hart zugesetzt und überhaupt ein weltweites religiöses Wurzelziehen eingesetzt hat, muß sich schon den Vorwurf gefallen lassen, ein wenig epigonal zu arbeiten. Diese Kritik der Reinen Vernunft anläßlich der jährlichen Generalversammlungen des Gefühls hat sich bereits jeder bessere Schulaufsatzautor angeeignet, die dürfte manch einer damals schon insgeheim gespürt haben, als er noch ein Waldbauernbub war.

Als ich noch ein Waldbauernbubenkritiker war und auch generell die Gesellschaft als Grund meines Nörgelns nahm, dachte ich jedesmal, wenn aus dem Warenhauslautsprecher berieselnde Weihnachtsmusik wie etwa „Ihr Kinderlein kommet“ erklang, es müsse damit in erster Linie „Ihr Kinderlein kommet in die Spielzeugabteilung!“ gemeint sein, aber das ist wirklich ein alter Hut. Und den religiösen Hintergrund kann man ja heute auch nicht mehr für bare Münze nehmen, wir brauchen Weihnachten längst nicht mehr als Fest des schlechten Gewissens und der Entschuldigung zelebrieren, die Zeiten haben sich geändert. Einer neuerlichen Verkettung unglücklicher Umstände bei der Herbergssuche hat die zivilisierte Welt mittlerweile mit hervorragender Infrastruktur vorgebeugt. Ich habe mir von Studenten und hauptamtlichen Vagabunden, die vor allem in den Sommermonaten mit ermäßigten Bahnfahrkarten rund um die Welt tingeln, erzählen lassen, daß es in jedem unscheinbaren Dorf bereits Jugendherbergen gibt, zwar nüchtern, was Baustil und Raumausstattung betrifft, aber sauber und hygienisch einwandfrei: Von Ochs und Kuh und Stroh kann keine Rede sein. Von Thermofenstern, Klosett mit Wasserspülung und Gemeinschaftstelefon in der Frühstückshalle kann die Rede sein, tempora mutantur. In Bethlehem hat man, vermutlich im Bewußtsein gebrannter Kinder und wegen des schlechten Gewissens der Stadtverwaltung, sogar drei oder vier erbaut, wir wissen ja weder den Tag, noch die Stunde. Jetzt kann er kommen, wir erbarmen uns seiner. An den Jugendherbergen soll es jedenfalls nicht scheitern. Jugendherbergen wird er überall finden, wenn er nicht gerade in Äthiopien zur Welt kommt, Kirchen und Pfarrheime auch. An die Hausordnung muß natürlich auch er sich halten, das Schwert darf er uns natürlich nicht bringen, da paßt der Portier auf.

Lasset also die alten Mythen und neuen Aufklärer beiseite, lasset die Kinder zu mir kommen. Weihnachten ist das Fest der Kinder und der strahlenden Kinderaugen, von da aus muß man die Sache anpacken. Zu Weihnachten freuen sich die Alten, daß sich die Jungen so freuen, weil es wieder Weihnachten ist. Wenn die Jungen ein wenig älter werden, ärgern sich die ein wenig älteren Alten, daß sich die älteren Jungen überhaupt nicht mehr freuen, bloß weil es Weihnachten geworden ist. So etwas Kindisches, nicht mehr kindisch sein zu wollen. Sobald aber die ein wenig älteren Jungen noch ein wenig älter geworden sind und selbst Junge zur Welt gebracht haben, freuen sie sich wieder ganz unbändig, daß die jungen Jungen so eine Freude mit dem Lichterbaum, den vielen Päckchen und all dem anderen Zauber haben. Alles schon dagewesen; alles eine Frage der Zeit. Als wir, mein Bruder und ich, klein waren, drohten uns die Eltern für den Fall, daß unser Ungehorsam einmal zu bunte Blüten treibe, ständig damit, Weihnachten abzuschaffen. Jahre später machen sie uns die heftigsten Vorwürfe, daß wir das Weihnachtsfest abschaffen wollten, weil wir atheistisches, kirchenkritisches, antikapitalistisches und konsumdesorientiertes Gedankengut in dieses ordnungsgewohnte Haus brächten und auch an ihren lieben Gepflogenheiten nicht mehr so recht teilhaben wollen. Der Vater hat es vom Großvater und der Großvater vom Urgroßvater, von Generation zu Generation wurde das Brauchtum weitergereicht, uns reicht es jetzt plötzlich, so eine Anmaßung! Abschaffen sei alles, wozu wir noch fähig sind, die einen schaffen, die anderen schaffen ab, so als sei alles, was besteht, wert, daß es zugrunde geht. Nichts sei uns heilig. Sünde und Zerstörung, kurz das Böse, sei unser eigentliches Element, Unruhestifter seien wir, die Ausrotter und Abschaffer vorm Dienst.

Einmal abgesehen davon, sind wir eine sehr intakte und geradezu vorbildliche Familie. Da gibt es den heiligen Hubertus, den heiligen Egydius, den heiligen

Nikolaus, und die Helene ist auch sehr fromm: ha, das Wortspiel war nicht von schlechten Eltern. Gerade weil sich immer Abschaffungsgerüchte darum rankten und ein jeder insgeheim fürchtete, ein solcher Boykott könnte wirklich stattfinden, war Weihnachten bei uns seit ich denken kann das größte und aufwendigste Fest. Die Vorbereitungen setzten meistens schon im November ein, von da an duftete es im ganzen Haus in der angenehmsten Weise nach Bratäpfeln, Vanillekipferln, Linzerschnitten und anderen bekömmlichen Süßigkeiten. Nach Rumkugeln, Nüssen, Orangen und Datteln duftete es nicht, weil eben weder Rumkugeln, noch Nüsse, Orangen oder Datteln duften. Auf die Fensterscheiben klebt die gute Mutter seit Jahr und Tag bunte Weihnachtssterne aus Seidenpapier, das ganze Haus dekoriert sie mit Tannenzweigen, Kunstkerzen und Heiligenbildchen, überall hängen Nikolausfiguren, Weihnachtsmänner und Engel aus Holz, der eine kommt mit dem Schlitten daher, der andere spielt Harfe oder Klarinette, auf dem Kamin sitzen drollige Puppen in Kärntner Bauerntracht. Wenn der Vater von draußen hereinkommt, lassen wir ihn sagen: Es weihnachtet sehr.

An jedem Adventsonntag, wenn die Dämmerung hereinbricht, ruft er die Familie zu einer Feierstunde zusammen. Da wird das elektrische Licht ausgeschaltet, die Kerzen am Adventkranz entzündet, wir zählen nach, wie viele es schon sind, und der Vater liest aus der Bibel vor, wie der heiligen Jungfrau Maria der Erzengel erscheint oder wie sie mit dem heiligen Josef der Volkszählung wegen nach Bethlehem wandert.

Bevor er dann wie jedes Jahr und jeden Sonntag die Schallplatte von Karl Heinrich Waggerl auflegt, sagt die Mutter wie jedes Jahr und jeden Sonntag, daß wir Kinder mucksmäuschenstill sein müßten und der Vater nicht rauchen dürfe. Karl Heinrich Waggerl erzählt mit seiner einschmeichelnden Stimme von seiner Jugend auf dem Lande, wo es im Winter bitterkalt war und oft schneite, von seinen Erlebnissen als Ministrant, von der Krippe, die der Vater mit liebevoller Sorgfalt herrichtet, und vom Wunschzettelschreiben. Am Ende der Adventstunde betet die ganze Familie ein „Vaterunser". So schön und einfach war das früher. Wir haben es uns natürlich etwas kosten lassen, daß alles so arm und bescheiden aussah. Heute, im Zug des allgemeinen Sittenverfalls, müßten wir nicht mehr mucksmäuschenstill sein und der Vater dürfte ohne weiteres rauchen, wie die Mutter sagt, aber trotzdem fällt die Feierstunde jetzt dauernd aus.

Nach Tagen und Wochen der enthusiastischen Freude und angespannten Erwartung ist der Heilige Abend endlich gekommen. Wir warten, bis das helle Glöckchen erklingt, und treten aufgeregt und ein wenig verschämt in den Schein des Tannenbaumes, unter dem, gerecht aufgeteilt, vier Häufchen voller Geschenke liegen. Ein Weilchen müssen wir uns mit dem Auspacke aber noch gedulden, zuerst wird photographiert: Ich photographiere Vater und Mutter, der Vater die Mutter mit ihren beiden Söhnen, die Mutter den Vater mit ihren beiden Söhnen, und auf die Rückseite der Photographien schreiben wir die Jahreszahl, damit wir auch später noch wissen, welche Weihnachtsbilder zu welchen Weihnachten gehören. Danach sagt der Vater zur Mutter „Fröhliche Weihnachten“, die Mutter sagt zum Bruder „Fröhliche Weihnachten“, der Bruder sagt zu mir „Fröhliche Weihnachten“, ich wiederum zum Vater und so fort, bis jeder jedem fröhliche Weihnachten gesagt und gewünscht hat, und genau dann kommt der Moment, wo dem Weihnachtsfest wirklich nichts mehr übrig bleibt, als fröhlich zu sein.

Norbert C. Kaser

Christtag

Leider ist der Frieden nicht ausgebrochen. Leider herrscht in uns nicht die Ruhe des Beschenktseins. Leider kann ich an hochheiligen Tagen meine Sticheleien nicht ausbleiben lassen, doch ein wenig friedlicher will ich heute sein. Auch wenn ich kein Pfarrer bin, habe ich gedruckte Grüße und Wünsche zu verteilen:

Lob sei allen Kellnern, die in diesen Tagen gut bei Fuß zu unsren feierlichen Wünschen stehen und laufen müssen, damit wir das letzte Geld in Festschmäusen und Tavernen loswerden können. Viel Trinkgeld sei ihnen beschieden. Trost für diejenigen Kaufleute, die auf mancher Ware sitzengeblieben sind und sich über den Ausverkauf gerade jetzt den Kopf zerbrechen müssen, wo man doch endlich einmal gerne Ruhe hätte, beziehungsweise nicht oder pralle Kassen. Lob sei den Mauteinhebern bei der Autobahn, die ohne Christbaum und Kleingeld den Ärger christlicher Fahrer zu spüren kriegen und das gleich rund um die Uhr.

Trost und verheißungsvolle Zukunft den Wirtsleuten, wenn etwa der richtige Schnee nicht kommen will, aber gegessen muß sowieso werden, gesoffen auch. Vor einem Infarkt verschone die Gehetzten der Herr.

Lob für die Vagabunden und Arbeitslosen, denn die Gesellschaft läßt sie in Kälte und wirft ihnen keine Brotkrume vom gebogenen Tisch, denn sie müssen sich mit Fusel über die Tage retten.

Für die Politiker hingegen wieder ein wenig Trost, denn ihre friedvollen Gesichter werden schnell wieder bissig. Lob den diensthabenden Ärzten und Pflegern, weil Krankheit und Tod die Weihnacht nicht scheuen.

Trost den Eltern, die krampfhaft ihre ungezogenen Kinder beschenkt haben und wieder feststellen müssen, daß es die gleichen „Fratzen“ geblieben sind.

Lob den vollen Kirchen, denn manches verlorene Schaf läßt sich im neuen Pelze blicken. Lob dem Rundfunk und dem Fernsehen, die uns mit neuer Fadheit und heuchlerischer Andacht aus der Langeweile halfen. Vielleicht erübrigen wir Sportler, Freßsäcke und Frömmler noch einen Gedanken für die Gefangenen, Rauschgiftsüchtigen, Einsamen, Entführten und Säufer. Vielleicht? Ich meinesteils bin froh, wenn Spatzen und Hasen und Lawinenhunde gut über den Winter kommen und ich selber auch … Wort zum Festtag. Amen.

Gustav Freytag

Weihnachtskrippen

Viele Wochen vor Weihnachten sind die Knaben in emsiger Tätigkeit, denn als ein Hauptschmuck des Festes wird nach Landesbrauch das Krippel aufgestellt, Bilder der Krippe, in der das Kindlein liegt, mit Maria und Joseph, den Heiligen Drei Königen, den anbetenden Hirten mit ihren Schafen und darüber der glitzernde Stern und Engel, welche auf einem Papierstreifen die Worte halten: „Gloria in excelsis“. Die Figuren kauften die Kleinen auf Bilderbogen, schnitten sie mit der Schere aus und klebten ein flaches Hölzlein mit Spitze dahinter, damit die Bilder in weicher Unterlage hafteten. Der Heiligen Familie aber, dem Ochsen und Eselein wurde ein Papphaus mit offener Vorderseite verfertigt, auf dem Dach Strohhalme in Reihen befestigt, der Stern war von Flittergold. Das Waldmoos zu dem Teppiche, in welchen die Figuren gesteckt wurden, durften wir aus dem Stadtwald holen, dorthin zog an einem hellen Wintertage die Mutter mit den Kindern, begleitet von einem Manne, der auf einer Radeber den Korb für das Moos fuhr. Es war zuweilen kalt und die Schneekristalle hingen am Moose, aber mit heißem Sammeleifer wurden die Polster an den Waldrändern abgelöst und im Korbe geschichtet, daheim auf einem großen Tisch zusammengefügt und an zwei Ecken zu kleinen Bergen erhöht. In der Mitte des Hintergrundes stand die Hütte, über ihr schwebte an feinem Drahte der Stern, auf den beiden Seiten hatten die Hirten und Herden mit den Engeln zu verweilen. Die ganze Figurenpracht wurde durch kleine Wachslichter erleuchtet, welche am Weihnachtsabend zum erstenmal angesteckt wurden.

Wenn die Lichter brannten und die Engel sich bei leichter Berührung wie lebendig bewegten, dann hatten die Kinder zum erstenmal das selige Gefühl, etwas Schönes verfertigt zu haben. Während des Festes wurden dann ähnliche Arbeiten kleiner und erwachsener Künstler besehen, denn fast in jedem Haushalt stand ein Krippel, und mancher wackere Bürger benutzte seine Werkstatt, um dasselbe durch mechanische Erfindungen zu verschönen; man sah auf den Bergen große Windmühlen, deren Flügel durch rollenden Sand eine Zeitlang getrieben wurden, oder ein Bergwerk mit Grubeneinfahrt, in welchem Eimer auf und ab gingen, und häufig stand ganz im Vordergrund ein schwarz und weiß gestrichenes Schilderhaus mit rotem Dach und davor die preußische Schildwache. Aber diese Zusätze waren dem Knaben niemals nach dem Herzen, er hatte die dunkle Empfindung, dass sie sich mit den Engeln und den Heiligen Drei Königen nicht recht vertragen wollten.

Christine Nöstlinger

Schlichte Fichte

Die Einstellung der Menschen zum Christbaum ist keine einheitliche. Abgesehen von denen, die gar keinen Christbaum mögen, divergieren auch die Ansichten der zum Christbaum positiv eingestellten Leute ganz gewaltig. Meistens stammt die Idealvorstellung „Christbaum“ aus Kindertagen. Entweder will man so einen, wie man ihn als Kind hatte, weil man mit ihm zufrieden war, oder man hat seine Kinderchristbäume als „Feindbild“ und will einen ganz anderen.

Schwierig wird es, wenn zwei Leute mit verschiedenen Christbaumidealen zu einem Kompromiss kommen müssen. *Er* sagt: „Fichte schlicht! Nicht höher als einen Meter!“ *Sie* sagt: „Silbertanne doppelt, bis zur Zimmerdecke!“ *Er* sagt: „Weiße Kerzen, Engelshaar und sonst nichts!“ *Sie* sagt: „Ketten, Lametta, Sternspucker, Glaskugeln, Zuckerln und überhaupt alles, was man aufhängen kann!“ Da Weihnachten Männer milde stimmt und Frauen von Natur hartnäckiger sind, ist anzunehmen, dass *Sie* ihren Willen durchsetzt und eine große Silbertanne erstanden wird. Auch ist anzunehmen, dass der Heimweg friedlich verläuft, weil *Er* zu Weihnachten ohne Murren im nahen Supermarkt eine billige Dachgalerie ersteht, um das grüne Monstrum verkehrssicher nach Hause zu transportieren, wobei *Sie* ihn tröstet: „Eine Dachgalerie kann man immer brauchen!“

Aber zu Hause, das weiß ich aus Erfahrung, wird es schlimm. Im Freien nämlich wirken Bäume viel kleiner als im Wohnzimmer, man kann sich da leicht verschätzen. Und *Sie* hat jetzt wirklich keine Zeit, dem Baum die unteren neunzig Zentimeter abzusägen. Und wie ein dicker Stamm in ein kleines Kreuz zu zwängen ist, ist ja nun wirklich Männersache!

Letztlich könnte es aber sein, dass *Er* und *Sie* doch noch zu einem artigen Kompromiss kommen, weil *Sie* vergessen hat, wo sie nach dem sommerlichen Großreinemachen die Schachteln mit dem Christbaumschmuck hingetan hat. Also sitzen dann *Er* und *Sie* des Abends vor dem schönen, grünen Kompromiss. Der Baum ist so groß, wie *Sie* wollte, und so „kahl“, wie *Er* wünschte, und *Er* und *Sie* können wieder lieb zueinander sein.

Karl Valentin

Das Christbaumbrettl

Arme kleine Leute wollen sechs Monate nach Weihnachten das Fest nachfeiern. Das Bühnenbild zeigt ihre armselige Stube, man erblickt durch das große Fenster in der Mitte die herrliche Aussicht auf eine Frühlingslandschaft mit blühenden Bäumen. In buntem Durcheinander steht der Hausrat umher …

Daß ein Festtag ist, erkennt man an der lecker aussehenden Schaumtorte, die auf einem Stuhl neben dem Kleiderschrank steht. Die Abenddämmerung fällt allmählich ein. Ehe sich der Vorhang gehoben hat, hört man das Grammophon „O du fröhliche, o du selige, gnadenbringende Weihnachtszeit" spielen.

DIE MUTTER *(Liesl Karlstadt) sitzt in einem ärmlichen Hauskleid und mit einer blauen Schürze in Fleckerlschuhen an einem kleinen runden Tisch in der Mitte der Bühne unter der altmodischen Petroleumhängelampe; sie hat weinend den Kopf in die Hände gestützt und spricht* Die Weihnachtsglocken läuten; o hätte ich nie mehr diesen Tag erlebt. Ich kann keine Freude mehr haben. Mein Sohn, mein Alfred, er ist ja nicht mehr bei mir, er ist hinausgezogen in ein fernes Land, aus dem er wohl nie wieder zurückkehren wird. Ach Alfred, warum hast du mir das angetan! Er ist nach Oberammergau gegangen, er wollte Fremdenführer werden; aber als er hinkam nach Oberammergau, waren die Passionsspiele bereits schon lange beendet.

Ach Alfred, was Blöderes hätte dir gar nimmer einfallen können. Die alten Augen sind müde vor Weinen und das Bild ist schon so verstaubt, ich kann ihn gar nicht mehr sehen! Pfui! *Sie spuckt auf das Bild und wischt es mit dem Taschentuch ab* – So, jetzt ist es besser, jetzt schaut er wieder so frisch in die Welt, daß man seine Freude daran haben kann. *Sie wirft das Bild ein paarmal in die Höhe* Ach ja! – *Sie zündet sich eine Zigarre an* Wo nur mein Mann so lange bleibt? Mein guter Mann – diesen langweiligen Uhu habe ich heute auf den Viktualienmarkt geschickt, daß er ein Christbäumchen heimbringt für die kleinen Kinder, und nun kommt er so lange nicht heim. Ich glaub, daß er gar nimmer heimfindet, der alte Depp. Es wird ihm wohl nichts passiert sein. Es ist schon so spät, die Sonne muß auch schon bald aufgehen. Eins – zwei – drei Aha, da ham mas schon, ich muß doch nachschaun, wo er sich momentan wieder herumtreibt. *Sie nimmt das Telefon* Sebastian, wo bist du denn augenblicklich? So, am Viktualienmarkt gehst du grad? – Hast schon ein Christbäumchen? – Dann ists schon recht – geh nur glei heim? Gib Obacht, wenn du über die Straße gehst, daß dich keine Frau überfahrt mitn Kinderwagl. *Es klopft* Ja, herein! Also adje, Sebastian, komm nur gleich! – ich wart auf dich – Grüß dich Gott, Sebastian! *Es klopft* Ja, herein! *Sie legt den Hörer auf. Im selben Moment kommt der Vater (Karl Valentin) mit dem Christbaum herein. Er trägt einen schneebestäubten Raglan, Brille, schneebestäubten Hut, Fäustlinge und einen Christbaum.* Ah, da ist er ja! Im Moment hab ich mit dir noch telefoniert und jetzt bist du schon da!

DER VATER Ja, i hab glei einghängt und bin glei herg'laufen.

DIE MUTTER Das ist recht – da hast ja 's Bäumerl!, ah der is nett – wunderschön.

DER VATER No ja, kindisch ist er halt.

DIE MUTTER Er gehört ja auch nur für d'Kinder.

DER VATER Ja, ich war in zwei Christbaumfabriken, und da hams mir den gebn.

DIE MUTTER Ja, da ist ja kein Christbaumbrettl dran, hast dus verloren? Ich hab doch ausdrücklich gsagt, du sollst an Baum mit Brettl bringen.

DER VATER Ja, der hat ja keins.

DIE MUTTER Das seh ich ja, daß er keins hat.

DER VATER Wie kannstn das sehn, wenn keins dran ist?

DIE MUTTER Aufgschrieben hab ich dirs sogar, an Baum m i t Brettl!

DER VATER Ja, die haben lauter Bäum mit Brettl ghabt, das war der einzige o h n e Brettl.

DIE MUTTER Und den hast extra rausgesucht?

DER VATER Aber so ist er doch viel natürlicher, im Wald wächst er doch auch ohne Brettl.

DIE MUTTER Aber den kann man doch nicht brauchen, den kann ich ja nicht hinstellen am Tisch.

DER VATER Dann legn man halt heuer hin – jetzt ham man fünfzehn Jahre hingstellt, jetzt legn man amal heuer hin.

DIE MUTTER Ich möcht doch den Baum aufputzen. Ich hab solche Sprüch gmacht bei den Kindern, ich hab gsagt, wenn du kommst, dann kommt 's Christkindl auch gleich. Und jetzt bringt er an Baum ohne Brettl! Da wärs mir schon lieber gwesn, du hättst bloß a Brettl bracht und gar koan Baum.

DER VATER Am Brettl allein hätten die Kinder auch kei Freud ghabt.

DIE MUTTER Aber so kann ich ihn nicht hinstellen!

DER VATER Ja, dann halt ich ihn halt.

DIE MUTTER Geh, du kannst doch nicht bis am heiligen Dreikönigstag so dastehn und kannst den Baum halten.

DER VATER Warum nicht, ich hab ja so nichts zu tun, ich bin ja arbeitslos.

DIE MUTTER Aber da sind doch noch vierzehn Tag hin, du kannst doch nicht Tag und Nacht den Christbaum halten, du mußt doch auch manchmal wieder amal nausgehen.

DER VATER Dann nimm ich ihn mit.

DIE MUTTER Das kannst dir denken – jetzt gehst da hin, wo du den Baum kauft hast, und tauschtn um, sagst, sie sollen dir an andern geben.

DER VATER Naa, der is froh, daß er den anbracht hat.

DIE MUTTER Dann muß ma halt selber a Brettl hinmachen.

DER VATER Ja, ich geh zu der Hausmeisterin und hol a paar Bretter vom Hof rauf, da schneiden wir a Stück runter.

DIE MUTTER Holst einfach so ein kleines Brett rein, das machen wir hin.

DER VATER So ein Stück Brett halt.

DIE MUTTER Aber zieh dich zuerst aus.

DER VATER Ganz?

DIE MUTTER Dein Mantel und dein Hut – aber leg mir an Hut nicht aufs Bett nauf, sonst zerlauft der ganze Schnee.

DER VATER Der zlauft nicht, das ist ja ein Christbaumschnee.

DIE MUTTER Jetzt geh nur.

DER VATER Ich trag jetzt mein Raglan naus und hol die Bretter. *Er geht ab.*

DIE MUTTER So ein schönes Bäumchen hat er bracht, er ist ein guter Mann, aber ein furchtbares Rindvieh – bringt er einen Baum ohne Brettl daher. – *Man hört Kindergeschrei* Pst! – Ja, wer hat denn das Kind verkehrt herg'legt, da steigt ja 's ganze Blut in den Kopf. *Abermals Kindergeschrei* Ja, sei nur still – Hundsbankert, hört doch auf, der ist gewiß wieder naß. *Sie legt das Kind auf den Tisch* Ja, ja, ich werde dich gleich trokken legen. *Sie nimmt den Tintenlöscher und trocknet das Kind damit, das Kind schreit immer noch* Jetzt sei doch ruhig – wart, ich werd dir ein Wiegenlied blasen. *Sie nimmt die Posaune von der Wand* So, mein Kind, jetzt paß schön auf. *Sie bläst „Schlaf, Kindlein, schlaf" usw. – beim letzten Ton ist das Kind eingeschlafen. Der Vater kommt mit zwei langen Brettern herein, bleibt damit in der Hängelampe hängen, stößt alles um, der Tisch fällt auseinander, der Fliegenfänger klebt ihm im Gesicht, ein verzweifeltes Durcheinander entsteht, die Mutter will ihm helfen* Da, nimms Kind. *Sie drängt ihm das Kind auf und hängt die Posaune wieder an die Wand.*

DER VATER Nimm mir doch die Bretter ab!

DIE MUTTER Mein Gott, wie ders Kind hat! Mein Gott, ist das was! *Umständlich befreit sie ihn vom Fliegenfänger, von den Lampenketten usw.*

DER VATER Sind die Bretter recht? Daraus können wir uns Christbaumbrettln im voraus machen für mindestens zwanzig Jahr.

DIE MUTTER Was hast denn jetzt da für lange Bretter bracht, waren denn keine längeren mehr da?

DER VATER Naa, des war des längste.

DIE MUTTER Ja, dann hol eine Säge und schneid ein Brettl runter!

DER VATER Ja, dann hol ich jetzt ein Stück Säge.

DIE MUTTER Und ich heiz einstweilen ein.

DER VATER *kommt mit der Säge und legt den Christbaum der Länge nach auf das Brett* Das gibt drei Christbaumbrettl.

DIE MUTTER O Gott, o Gott, raucht der Ofen wieder!

DER VATER Hastn höchstens angezunden.

DIE MUTTER Dummes Gered! Vor zwei Jahren hab ich schon zu dir gsagt, du sollst den Kaminkehrer holen.

DER VATER Ich telefonier ihm halt, weißt du die Kaminnummer? *Er telefoniert* Wie bitte? Die Nummer wissen wir beide nicht, Fräulein.

DIE MUTTER Wer ist denn eigentlich da?

DER VATER Wir sind falsch entbunden, der König Herodes hat, glaub ich, grad gesprochen.

DIE MUTTER *reißt ihm das Hörrohr aus der Hand* Wer ist denn da? Wie? – Ah, grüß Gott!

DER VATER Wer is denn?

DIE MUTTER Die Frau vom Kaminkehrer ist da! Grüß Gott Frau Kaminkehrersgattin! Ist Ihr Mann daheim? Geh, sagn S' zu ihm, er soll gleich rüberkommen. *Der Vater spricht dazwischen* Sagn S' bei uns raucht der Ofen.

DER VATER Er soll rauskehren vom Ofen.

DIE MUTTER Ich sags ihm schon.

DER VATER Ich kanns ja auch.

DIE MUTTER Dann sagst dus ihr, wenn du so gscheit bist.

DER VATER Ach bitt schön, möchten S' nicht mit der Leiter bei uns den Ofen auskehren?

DIE MUTTER Schmarrn, sie weiß doch schon alles, was sagts denn?

DER VATER Sie sagt, er kommt vielleicht ganz bestimmt. *Er legt das Hörrohr in den Geschirrhafen hinein.*

DIE MUTTER Schneid doch amal das Brett ab. *Sie kniet noch immer beim Ofen am Boden. Der Vater nimmt die Säge und setzt sich auf die Mutter* Was machst denn, siehgst nimmer, blinder Heß?

DER VATER Wie groß soll denn das Brettl eigentlich sein?

DIE MUTTER Hast denn noch nie a Christbaumbrettl gsehn?

DER VATER Schon oft, aber das hab ich nimmer so im Gedächtnis.

DIE MUTTER Dann nimm halt das vorjährige Brettl als Muster. *Der Vater sägt das Brett ab, die Mutter hilft ihm dabei.* Gib obacht, daß du dich nicht schneidst!

DER VATER *redet immer* Die Kinder werden a Freud haben. Jetzt kommt ein Ast. – *Die Mutter geht ab und holt das Kaffeeservice.* Bring mir eine Schweinsschwarte zum Schmieren. *Die Mutter geht an den Tisch. Er drückt mit der Säge das Brett in die Höhe und stößt der Mutter das Geschirr aus der Hand* Ich hab doch gesagt, du sollst 's Brett halten.

DIE MUTTER Wo hast du denn das Brettl, das du runtergschnitten hast?

DER VATER Da ists. *Er hält das lange Brett immer noch in der Hand. Die Mutter steigt am anderen Ende drauf. Das Brett haut den Vater auf die Füße* Au, au, jetzt ists am Fuß naufgfallen.

DIE MUTTER Auf was fürn Fuß?

DER VATER Auf unsern Fuß. *Er hebt das Brett auf, fahrt der Mutter unterm Rock damit herauf.*

DIE MUTTER Was machst denn? Heute am Heiligen Abend macht er so saudumme Sachen.

DER VATER Ist doch erst der Heilige Nachmittag.

DIE MUTTER Jetzt hat er so a kleins Brettl runtergschnitten, das können wir doch nicht brauchen. Da nehmen wir halt das alte her, aber da mußt du noch ein Loch hineinbohren.

DER VATER Dann hol ich den Bohrer. *Er tut es und bohrt ins Brettl ein Loch hinein; das Brettl dreht sich immer.*

DIE MUTTER Komm, laß dir helfen. *Das Brett legt man daher am Tisch,* ich halt dir und du bohrst. *Der Vater bohrt und spricht dabei.* So red doch nicht immer, paß doch aufs Loch auf!

DER VATER Ja, ich kann doch unterm Bohren reden.

DIE MUTTER Das brauchst gar nicht.

DER VATER So! *Er hat durch das Brett und durch den Tisch gebohrt, daß der Bohrer unten raussteht.*

DIE MUTTER Das sieht dir wieder gleich! Bohrt er in den schönen Tisch a Loch hinein, da brauchst dir noch was einbilden drauf, das schönste Stück in unserer Wohnung ist jetzt auch kaputt.

DER VATER Das war vorauszusehen.

DIE MUTTER Das Loch ist überhaupt zu groß, da paßt der Christbaum gar nicht hinein.

DER VATER Das Brettl brauchen wir ja jetzt nicht. Jetzt können wir den Christbaum glei in den Tisch neistekken.

DIE MUTTER Das hättest glei tun können, da hätten wir überhaupt kein Brettl braucht.

DER VATER Das sag ich ja immer, drum hab ich ja an Christbaum ohne Brettl kauft.

DIE MUTTER Jetzt schmück amal den Baum, häng a paar Kugeln hin, die Kinder freun sich ja schon drauf.

DIE KINDER *hinter der Szene* Mama, dürfen wir schon rein?

BEIDE Nein, noch lange nicht.

DIE MUTTER Schick dich doch, die Kinder möchten schon herein.

Der Vater hängt ein paar Christbaumschmuck-Glaskugeln hin, wirft aber dabei Tisch und Baum um …

Werner Schneyder

Das neue Bild

„Das Bild muß ich haben!“ sagt er. Dabei hat er nicht die Absicht gehabt. Der Besuch beim jungen Maler ist ganz zufällig passiert. Sie sagt: „Du hast ganz recht. Das kaufen wir. Unbedingt.“

Szenenwechsel. Die Wohnung der beiden.

ER (das neue Bild selig betrachtend): Es wäre wunderbar über dem Eßtisch.

SIE Schon. Aber wohin hängen wir dann den See vom K.?

ER Gute Frage. Ich meine, übers Klavier.

SIE Aber dort hängt doch das Venedig vom M. so traumhaft. Hast du selbst gesagt.

ER Das stimmt. Pause.

SIE Wir könnten das neue Bild neben dem L. –

ER Ausgeschlossen. Das haut sich im Motiv. Außerdem hat es dort nicht genügend Luft. Das braucht Raum. Das kann man nicht so hängen wie die Fische vom B.

SIE Aber du wolltest doch den B. ursprünglich ohnehin über die Garnitur –

ER Das mußt du geträumt haben. Ich hätte den B. am liebsten überhaupt nicht … Dir hat er ja so gefallen.

SIE Du spinnst. Pause.

ER Bevor wir deine letzte Feststellung ausdiskutieren, wie wäre es mit dem neuen Bild statt der Federzeichnung vom M.?

SIE Das ist dort viel zu stark.

ER Und statt dem –

SIE Das neue ist kleiner. Das deckt nicht die Löcher ab, die du sinnloserweise in die Wand geschlagen hast, nur weil du damals unbedingt die Komposition vom F. dorthin hängen wolltest. Und weil du behauptet hast, die hält nur auf Haken.
ER Ich habe Löcher in die Wand geschlagen?!?! Ich??? Der ich, laut deiner Erzählung, noch nie einen Hammer in die Hand genommen habe??? Jetzt reicht's aber langsam!
SIE Mir schon lang. Pause.
ER Vorschlag. Wir lassen es erst mal rahmen.
SIE Wieso? Es ist doch gerahmt.
ER Aber scheußlich. Das braucht einen –
SIE Das hängt doch ganz davon ab, wohin wir es –
ER In mein Arbeitszimmer?
SIE Kommt doch gar nicht in Frage.

Die Debatte endet nach vier Tagen. Mit neu gestalteten Bilderwänden in sämtlichen Räumen. Und dann passiert's. Zu Weihnachten schenkt ein Freund den beiden ein wunderschönes neues Bild.

Alfred Polgar

Der Hase

Der Schneidermeister Sedlak brachte Anfang November einen Hasen nach Hause. „Füttere ihn gut", sagte er zu seiner Frau, „auf daß er fett und stark werde und wir zu Weihnachten einen Braten haben."

Ob der Schneidermeister „... auf daß" sagte, ist nicht sichergestellt. Aber dem Sinn nach lautete seine Rede so. Frau Sedlak selbst hat sie mir gleich andern Tags, nachdem der Hase ins Haus gekommen war, berichtet.

Frau Sedlak ist die bravste Frau, die jemals für eine fremde Wirtschaft Sorge getragen hat. Sauberkeit ohne Fehl wirkt ihre geschäftige Hand, und Kleider, Wäsche, Schuh', von ihr betreut, sagten, wenn sie reden könnten, gewiß „Mutter" zu ihr.

Sie besitzt kein Kind. Aber als der Hase kam, da hatte sie eines.

Sie erzählte viel von seiner Possierlichkeit und seiner Zutraulichkeit, und wie er auf den Pfiff herbeikäme und mit welcher Neugier und welchem Interesse er ihr mit den Augen folge. Und wenn er auch Schmutz und Arbeit verursache, sie trüge diesen kleinen Mühezuwachs gern um des Spaßes willen, den das Tier mit seinen Kapriolen und seiner nimmermüden Spiellust bereite.

Der Hase erhielt eine alte Kiste zur Wohnstatt und Abfälle von Küchenabfällen zur Nahrung. Die Küchenabfälle selbst kommen auf den Sedlakschen Mittagstisch.

Und der Hase gedieh. Er bekam einen Bauch und volle Backen. Frau Sedlak erzählte, ihrem Mann laufe das Wasser im Mund zusammen, so oft er das Tier nur ansehe. Ihr lief es in den Augen zusammen, wenn sie dachte, welchem Schicksal der Hase entgegenschwoll.

Daß er so mächtig Fleisch ansetzte, erfüllte sie wohl mit hausfraulichem Stolz, und daß dem Weihnachtstisch ein Braten gewiß, war ihr keineswegs eine unangenehme Vorstellung. Jedoch Frau Sedlak hatte auch ein Herz im Leibe, nicht nur einen Magen; und was des Magens Hoffnung, wurde des Herzens Not.

Der Schneider setzte das Datum der Schlachtung fest und verpflichtete den Hausmeistersohn, der die Kriegsmedaille hatte, zur Metzgertat.

Von dem Augenblick an, da das Urteil über den Hasen unwiderruflich gefällt war, begann die brave Frau über ihn zu schimpfen. Sie sprach von ihm nur mehr per „der Kerl“. Die ganze Wohnung stinke nach ihm, bei Nacht rumore er in seiner Kiste herum, daß man nicht schlafen könne – die Kiste würde längst dringend als Heizmaterial benötigt – und soviel Kohlstrünke und Gemüsemist gebe es gar nicht, wie der Kerl auf einen Sitz verschlingen könne. Am Ende sei sie froh, daß nun bald Weihnachten käme und der lästige Wohnungsgenosse wieder verschwinde.

Auch über den Fleisch-Ertrag, den sie sich von dem Kerl verspreche, redete sie, doch mit so kummervollem Appetit in der Stimme, daß es klar war, sie übertreibe diese Einschätzung vor sich selbst, um mit dem Gewicht des köstlichen Hasenfleisches ihr Bangen zu erdrücken.

Dem Hasen selbst muß das Dilemma seiner Gebieterin aufgefallen sein. Oder soufflierte ihm, der doch nun einmal dahin mußte, ein höherer Lenker, womit er der Frau für bewiesene Sorgfalt und Güte danken könne? Genug, er tat, der Hase, wie in solcher Lage ein psychologisch geschulter Hase auch nicht anders hätte tun können.

Er biß Frau Sedlak in den Finger.

Freudestrahlend berichtete sie: „Er hat mich in den Finger gebissen."

Ja, gottlob, nun war unter das Todesurteil, es moralisch stützend, die todeswürdige Tat geschoben. Nun war das verpflichtende Freundschaftsband zwischen Pflegemutter und Hasen von diesem selbst entzweigebissen. Nun war Appetit auf Hasenbraten: Gerechtigkeit.

Sie hatte trotzdem Tränen in den Augen, die Frau, als sie von des Hasen Ende erzählte.

Und es hing noch wie Schleier trauernder Liebe um das Lächeln, mit dem sie sagte: „Schön fett war er."

Das Fell ist zum Trocknen aufgespannt; es hat seinen Wert. Ein wenig Fett ist noch in der Speisekammer als Superplus des Feiertagsbratens. Die Wohnung stinkt nicht mehr nach tierischem Exkrement. Kein nächtliches Rumoren in der Küche stört den Schlaf der braven Leute.

Aber die alte Kiste ist nicht zu Brennholz zerhackt worden. Sie bleibt Kiste.

Denn Herr Sedlak ist entschlossen, wieder einen Hasen zu erwerben.

Und Frau Sedlak wird, vermute ich, sich vom Fleck weg seelisch so zu ihm stellen, als ob er sie schon gebissen hätte.

Kommentar zur Dichtung? Geister werden nicht besser sichtbar, wenn man Licht macht.

Daniel Glattauer

Stille Nacht (Probe)

Und wie werden Sie's diesmal anlegen? Sind Sie bei Ihnen daheim der Einstimmer? Dann wählen Sie unbedingt einen Ton in der Mittellage, es geht dann mächtig hinauf und hinunter. Einer der schwersten Fehler ist es, zu lange am Eröffnungs-„i“ zu verweilen. Das führt zu einem „Schtiii-iiillle“ bei dem Ihnen das „L“ außer Kontrolle gerät. Wir empfehlen: Schtiii-hiele (Nacht). Mit „H“ und langem „I“ fangen Sie sehr schön das „L“ ab.

Es folgt eine flüssige Passage mit sanften Höhen: heilige Nacht, alles schläft, einsam wacht … Kritisch wird es erst wieder beim ersten „I“ von Schlaf in hiiimmlischer. Da haben Sie den höchsten Punkt erreicht. Krächzen an dieser Stelle kann ein Fest versauen. Bitte streichen Sie Karel Gott aus Ihrem Gedächtnis und Johannes Heesters aus Ihrer Nase! Nun folgt die schönste Stelle: Der Terz-Schlenzer des „U“ bei „Ruuu-uuuh“. Verwenden Sie ruhig beide Hände, räumen Sie aber nicht den Christbaum ab. Der schwerste Ton ist der allerletzte. Da rächt es sich, wenn man zu tief begonnen hat. Messen Sie sich nicht mit Lee Marvin, sondern raunen Sie einfach sanft: „Ruuuh“. Für die zweite Strophe legen Sie am besten Bing Crosby auf, der hat's ganz gut getroffen.

Franz Xaver Gruber

Authentische Veranlassung zur Composition des Weihnachtsliedes „Stille Nacht, heilige Nacht!"

Es war am 24t Dezember des Jahres 1818, als der damalige Hilfspriester an der St. Nikolaikirche zu Oberndorf (öst. Laufen) H. Josef Mohr, dem Lehrer u. Organisten in Armsdorf, Franz Gruber, welcher auch in St. Nikola den Organistendienst versah, ein Gedicht überreichte mit dem Ansuchen, eine passende Melodie, für 2 Solostim(m)en und Chor, mit Guitarrebegleitung setzen zu wollen.

Der genan(n)te Organist übergab noch am selben Abend diesem musikkundigen Geistlichen seine einfache Composition, u. da sie ihm gefiel, wurde dieselbe auch gleich in der heiligen Nacht in der Kirche von dem geistl. H Mohr (der ein guter Tenorist war) u. von dem Organisten Franz Gruber (Baß) vorgetragen, und fand allgemeinen Beifall. Herr J. Mohr begleitete dasselbe mit der Guitarre.

Herr Josef Mohr, als Verfasser dieses Gedichts und mehrerer geistlicher Lieder, starb am 4t Dezember 1848 als würdiger Vicar zu Wagrein in Pongau.

Franz Gruber, gegenwärtiger Chorregent und Organist bei der Stadtpfarrkirche Hallein, der 3te Sohn eines armen Leinwebers zu Hochburg im Jahre 1787 geboren, kam, den Webstuhl verlassend, 18 Jahre alt zum H. Georg Hartdobler Stadtpfarr-Organisten in

Burghausen in die Lehre, und brachte es nach nur drei Monate lang erhaltenen Unterricht so weit, bei fig. Aemtern den Generalbaß auf der dortigen Orgel spielen z können.

Im Jahre 1806 gieng er zum Schulfache und wurde ein Jahr darauf als Lehrer und Messner bei der Nebenschule Armsdorf angestellt, versah von dort aus, als im Jahre 1816 bei der Territoral-Ausgleichung die Vorstadt Oberndorf von der Stadt Laufen getrennt wurde, mit Bewilligung seiner Obern (in Ermangelung eines passenden individuums) den Cantons- und Organistensdienst zu St. Nicola bis zum Jahr 1829, wo er dann nach Berndorf als Schullehrer befördert wurde. Im Jahre 1833 wurde ihm der bei der Stadtpfarrkirche Hallein erledigte Chorregentens- und Organistensdienst angetragen, welchen er auch auf sein Ansuchen erhielt. Von seinen 12 ehelich erzeugten Kindern leben noch 2 Söhne und 2 Töchter, säm(m)tlich musikalisch gebildet, wovon der ältere Sohn, welcher als Lehrer bei der k.k. Hauptschule in Hallein angestellt ist, schon mehrere gelungene Compositionen geliefert hat.

Da dieses Weihnachtslied durch einen bekannten Zillerthaler nach Tirol gekom(m)en, dasselbe aber in einer Liedersam(m)lung zu Leipzig etwas verändert erschienen ist, so beehrt sich der Verfasser dasselbe dem Originale gleichlautend beilegen zu dürfen.
Hallein den 30t Dezember 1854

Franz Gruber m. p.
Stadtpfarr-Chorregent und Organist.

Werner Schneyder

Lob der Influenza

„Adventkalender" sehen bei Menschen in unsteten Berufen besonders psychopathisch aus. Was muß nicht alles – spätestens bis zum 23. – noch verabredet, erledigt, geliefert werden, da ja – wie wir wissen – „zwischen den Feiertagen" nichts und niemand „zu erreichen" ist und festzustehen scheint: nach den „Heiligen Drei Königen" ist es für alles zu spät.

So also hatte sich der bekannte Freiberufler S. seinen Christfest-Countdown besonders raffiniert eingeteilt. Schreiben. Proben. Abgabe. Premiere. Frühflug. Proben. Aufzeichnung. Rückflug und haarscharfes Landen im Weihnachtsfrieden.

Da kroch mitten in die Abwicklung computergenialer Terminverzahnung plötzlich etwas im Körper hoch, trübte den Blick, dröhnte im Hirn, quälte die Glieder, hitzte den Schädel. Kurze Zeit darauf hatte die „Influenza A", eine Grippe de luxe, den Körper in ungeahnter Weise niedergedroschen, aktionsunfähig gemacht. Die Kalendereintragungen konnten nur mehr dazu taugen, resigniert betrachtet zu werden.

Hilflos, zwischen Schweißausbrüchen, Tiefschlaf und Schüttelfrost, kam dem Mann dann in den trüben Sinn, sein (Berufs-)Leben würde auch trotz der Terminausfälle weitergehen, und als ihm im Spiegel des Bades seine blasse, verschwollene Visage entgegenfieberte, dachte er, wenn die Influenza die Termine ohne

Schaden schmeißen könne, dann hätte er das eigentlich selbst auch können. Ohne Influenza.

Und – so dachte er weiter – dieses höhere Wesen, das mit dem Weihnachtsfest und dem damit verbundenen Frieden in Verbindung gebracht wird, hat eben nicht nur die Krippe, sondern auch die Influenza erfunden und offensichtlich gewußt, warum. So begann er den rasselnden Bronchien und der rinnenden Nase partnerschaftlicher gegenüberzustehen und zu Kumpel „Virus“ zu sagen: „Hab’ schon verstanden, Alter!“ Und so hoffen wir mit ihm, den Fischhändlern und den Königen aus dem Morgenland, der mit der Influenza geschlossene Frieden möge in den des Weihnachtsfestes geruhsam übergehen.

Norbert Silberbauer

Der Zorn

Der Bürgermeister sieht finsteren Zeiten entgegen. Weihnachten, die Ballsaison, Gemeinderatswahlen. Er überlegt, zu einem Arzt zu gehen, zu einem Nervenarzt, und sich Antidepressiva verschreiben zu lassen. Aber die Überlegung ist schnell verworfen. Er und Antidepressiva, würde das bekannt werden, er brauchte mit dem Wahlkampf erst gar nicht zu beginnen. Ein depressiver Bürgermeister – unmöglich. Aus wäre es mit seiner politischen Karriere, aus und vorbei, und er verstünde das, würde er doch auch keinen wählen, der zur Bewältigung des Amtes Antidepressiva braucht, wenngleich ihm der Zustand der Depression als Berufkrankheit völlig logisch erscheint. Ein Zimmermann leidet an Bandscheibenproblemen, ein Bürgermeister an Depressionen. Aber wie das den Wählern klarmachen? Die Medikamente würden sie ihm nie verzeihen, den Alkohol verzeihen sie sehr wohl. Saufen darf er, leiden nicht, und wenn doch leiden, dann nur wegen des Saufens. Also keine Antidepressiva, denkt er, stattdessen durchtauchen, durchhalten, alles geht vorbei, auch Weihnachten, die Ballsaison und der Wahlkampf.

Wie jeden Tag kommt der Bürgermeister gegen zehn Uhr auf das Gemeindeamt. „Guten Morgen“, sagt der Bürgermeister – „Guten Morgen“, antwortet sein persönlicher Referent und hält ihm ein Kuvert entgegen, „der Theaterverein“. Wieder eine Hoffnung weniger.

In seiner Gemeinde funktioniert das Zusammenleben, wie ärgerlich, kein Verein hat sich während des Jahres still und leise aufgelöst, kein Verein, dessen Mitglieder zerstritten wären, kein Verein, der bankrott gemacht hätte. Der Bürgermeister öffnet das erste Fenster des Adventkalenders, die darin befindliche Schokolade gibt er seiner Sekretärin, die die Leiden ihres Herrn kennt. „Und die Kleingärtner", sagt sie. Die Gemüse-Idioten auch noch, denkt der Bürgermeister. „Wie viele", fragt er. „Bislang einundfünfzig". Einundfünfzig Weihnachtsfeiern!

Wenn schon ein Psychiater nicht in Frage kommt, dann wenigstens ein Chiropraktiker. Vorsichtshalber hat der Bürgermeister sich für die Adventzeit mehrere Termine reservieren lassen. Ein Chiropraktiker ist ideal. Termine beim Chiropraktiker vermitteln dem Wähler und der Wählerin den Eindruck, daß ihr Bürgermeister nicht unverschämt gesund ist, weil er auch arbeitet und leidet, aber nicht so krank ist, daß er sein Amt nicht mehr ausüben könnte. Ähnlich verhält es sich mit Gastritis. Auch die werde er bekommen, denkt er Bürgermeister, Zorn mal Weihnachtsbäckerei würde Gastritis ergeben, so sicher wie zwei mal zwei vier ist. Zu wissen, daß man leiden wird, verstärkt das Leid.

Den Reigen der Weihnachtsfeiern eröffnet traditionsgemäß der 1901 gegründete Männergesangsverein, dem seit einigen Jahrzehnten aber auch Frauen angehören, der Verein heißt aber nach wie vor *Männergesangsverein* – der Tradition wegen. Der Bürgermeister wählt einen schwarzen Anzug, für andere Feiern hängen im Kasten noch zwei Trachtenanzüge, einen blauer, ein brauner und ein grauer Anzug sowie die eher sportliche Variante, Sakko und Hose, dazu die passenden Hemden und Krawatten. In einer Schuhschachtel bewahrt er seine Auszeichnungen, Orden und Anstecknadeln auf. Wertloses Zeug, denkt er, sein Sohn werde diese versilberten und vergoldeten Unsinnigkeiten aus Gründen der Sentimentalität vielleicht noch aufbewahren, aber seine Enkelkinder würden sie bereits verkaufen, verschenken, entsorgen, ein Sammler würde sie vielleicht eines Tages auf einem Flohmarkt finden und billig erwerben. Ehrenobmann, Ehrenmitglied, Ehrenkommandant, Ehrenkapellmeister ist er, Träger von Ehrennadeln, Ehrenringen, Ehrenplaketten, Ehrenmedaillen. Viel Feind, viele Ehre. Unsere *Ehre heißt Treue*, sagen die Kameradschaftsbündler, *Ehre sei Gott in der Höhe* die Katholischen. Wenn es kein Geld gibt, gibt es Ehre und Titel. Knapp vor seiner Pensionierung wurde der Bürgermeister zum Hofrat ernannt. Eine Pensionserhöhung wäre ihm lieber gewesen.

Für den Gesangsverein steckt sich der Bürgermeister einen goldenen Notenschlüssel ans Revers. Er ist Ehrenmitglied bei den Sängern, obwohl er völlig unmusikalisch ist, so unmusikalisch, daß er am Fußballplatz nicht einmal im Takt klatschen kann. Der Bürgermeister ist nahezu bei allen Vereinen etwas: Obmann, Obmannstellvertreter, Schriftführer, Kassier, Rechnungsprüfer, lediglich bei den Oppositionsparteien hat er keine Funktion inne. Was er wo ist, weiß er selber nicht so genau, den Überblick bewahrt sein Referent.

Im Kulturzentrum werden auch die Feiern der Musikkapelle, der Musikschule und des Theatervereins stattfinden. Natürlich wird der Bürgermeister auch wieder singen und dirigieren müssen, was er abgrundtief haßt. Ebenso wird er bei den Weihnachtsfeiern der Musikkapellen in den sechs Katastralgemeinden dirigieren müssen. Der Bürgermeister hat in seinem Leben schon so oft dirigiert, daß er es eigentlich können müßte. Trotzdem kann er es nicht, will es gar nicht können. Wozu auch? Wenn er vor einer Musikkapelle steht, in die Gesichter der Musiker schaut, die ihn dämlich anlächeln, kommt er sich vor wie ein Trottel. Sich zum Trottel machen gehört aber zum Anforderungsprofil eines Politikers, ebenso wie die Fähigkeit zur Selbsterniedrigung. Wer sich nicht zum Trottel machen will, sollte eine politische Karriere erst gar nicht versuchen. Auch der Landeshauptmann verfügt über das Talent, sich selbst zum Trottel zu machen, hat dieses nahezu perfektioniert. Keine Musikkapelle, die er nicht dirigiert, kein Faschingsfest, das er nicht in idiotischer Verkleidung besucht, kein Kind, das er nicht hochgehoben, kein Schnaps, den er nicht getrunken hätte, bis zum Erbrechen, bis zur Besinnungslosigkeit. Ich bin einer von euch. Er ist einer von uns. Kann ein Politiker kläglicher scheitern, als so zu werden wie seine Wähler und Wählerinnen? Ist die Feststellung, er sei volksverbunden, nicht die schlimmste Beleidigung? Ist ein Publikumsliebling im Theater nicht einer, der jeden künstlerischen Anspruch aufgegeben hat?

Ein letzter Blick in den Spiegel um zu sehen, ob auch alles paßt, ein letzter Blick auf die Einladung, um zu sehen, ob er auch zur richtigen Feier geht. Erfahrung macht klug. Nahezu alles hat der Bürgermeister schon verwechselt. Er ging in die falschen Restaurants oder in die richtigen am falschen Tag, trug die falschen Ehrenzeichen, hielt die falschen Reden. Der katholischen Frauenbewegung wünschte er *gute Zuchterfolge*, dem Kleintierzüchterverein sagte er *Petri Heil*. Nach fast fünf Jahren im Amt ist der Bürgermeister klüger geworden. Am Spiegel klebt eine Liste, auf der in Spalten aufgelistet steht, wer wann und wo Weihnachten feiert, welche Orden anzulegen sind, was er auf keinen Fall vergessen oder sagen darf und was er unbedingt an internen Details erwähnen muß. Das macht Eindruck, macht ihn beliebt. Die Liste hat sein persönlicher Referent zusammengestellt, aber das wissen die Angesprochenen nicht. Heute streicht der Bürgermeister mit einem roten Filzstift das Rote Kreuz durch, der Gesangsverein und der Name eines Großbetriebs sind schon durchgestrichen, an sein Revers steckt er seine Henry-Dunant-Medaille in Silber, die goldene wird er vermutlich zu seinem fünfundsechzigsten Geburtstag bekommen.

Noch neunundvierzig Termine stehen auf seiner Liste, aber noch muß er noch keine Tabletten einnehmen.

Der große Vortragssaal im Rot-Kreuz-Haus ist weihnachtlich dekoriert. Kerzen und Zweige auf den Tischen, selbstgebastelte kleine Engel sitzen in den

Suppentellern. In der Ecke steht ein großer Christbaum. Die Orte der anderen Weihnachtsfeiern, die Extrazimmer und Säle der besseren und schlechteren Restaurants, die größeren und kleineren Vereinslokale, werden nicht viel anders aussehen, offensichtlich kaufen alle in den selben Baumärkten ihre elektrischen Kerzen und Santa Claus-Figuren, ihre Girlanden und Lichterketten, ihre Weihnachtskränze und Glaskugeln. Heuer dominiert beim Roten Kreuz die Farbe Rot. Die Kerzen sind rot, die Glaskugeln ebenso.

Die Gäste kommen. Freundliche Begrüßungen, Händeschütteln, Geplauder. *Ausgelassene Stimmung* wird die Regionalzeitung in ihrer nächsten Ausgabe schreiben. Zivildiener schenken Sekt aus. Nach der akademischen Viertelstunde bittet der Bezirksstellenleiter, die Freunde des Roten Kreuz Platz zu nehmen, die Gäste stellen ihre Sektgläser ab, suchen rasch ihre Sessel, die Zeit drängt, einige der Prominenten müssen noch zu anderen Feiern. Der Bezirksstellenleiter begrüßt die Ehrengäste, die aufstehen und sich kurz vor den Nicht-Ehrengästen, die applaudieren, verbeugen, mit jedem Ehrengast wird etwas weniger applaudiert. Wie peinlich. Die Nicht-Ehrengäste sind meist jene, die im Verein arbeiten, die Ehrengäste jene, die einmal im Jahr vorbeikommen und sich abfüttern lassen.

Der Bürgermeister weiß, daß er aus den falschen Gründen gewählt wurde. Man wählt ihn nicht, weil er denkt; denkt, bevor er handelt; und handelt, nachdem er gedacht hat; man wählt ihn, weil er sympathisch ist, leutselig, freundlich, umgänglich, weil er keinen Bukkel hat, nicht schielt, nicht zwergwüchsig ist, und man wählt ihn, weil er zu jeder dämlichen Weihnachtsfeier jedes dämlichen Vereins geht. Zwölf hat er schon hinter sich. Fast ein Viertel, erst ein Viertel. Und erst ein einziges Krippenspiel war dabei. Es gibt nicht vieles, was der Bürgermeister mehr haßt als Krippenspiele. Die katholische Frauenbewegung mußte natürlich ein solches inszenieren. Der Kindergarten und die katholische Jugend, die auch im Altersheim auftritt, werden sicher noch folgen und ein paar andere. Die katholische Jugend, heimlich nennt sie der Bürgermeister *Kajot,* spielt immer ein alternatives Krippenspiel. Da werden aus Josef und Maria Obdachlose oder kurdische Flüchtlinge, gesprochen wird im Dialekt. Jeder Satz eine Anklage. Das Krippenspiel der katholischen Jugend würde auf einen Parteitag nach Nordkorea passen, wird der Bürgermeister denken, oder nach Kuba. Fidel Castro hätte seine Freude. Beim Krippenspiel der katholischen Jugend vergeht dem Bürgermeister die Restfreude auf Weihnachten völlig. Nach dem Krippenspiel gibt es dann fair gehandelte Produkte aus dem Dritte-Welt-Laden.

Wieder zwei Namen weniger auf der Liste. Voller Freude streicht der Bürgermeister sie mit seinem roten Filzstift durch. Noch ein letzter Blick in den Spiegel, durchatmen, kontrollieren. Der schwarze Anzug sitzt, das weiße Hemd ist gebügelt, am Revers steckt das richtige Ehrenzeichen, die goldene Ehrennadel des Sportvereins. Die Tabletten gegen Gastritis sind in der Geldbörse, ebenso schmerzstillende; eine andere Ehrennadel, die er für eine zweite Feier an diesem Abend braucht, steckt an der Rückseite des Revers. Auf geht's. Der Festsaal des „Stadtkrugs", des besten Restaurants der Stadt, ist feierlich geschmückt, der Sportverein, die Sektion Fußball, hat zur jährlichen Weihnachtsfeier geladen. Natürlich sitzt der Bürgermeister, dem in Anbetracht des Kommenden jetzt schon schlecht ist, am Ehrentisch, die übliche Begrüßung der Ehrengäste folgt. Im kleineren Festsaal ist er bereits bei zwei Betriebsweihnachtsfeiern zu Gast gewesen, noch drei werden in den nächsten Tagen folgen, im großen Festsaal wird nur noch eine Weihnachtsfeier stattfinden. Heute abend feiern die Kampfmannschaft, die Funktionäre und der Förderungsverein der Fußballer, morgen nachmittag, am Sonntag, werden die Nachwuchsmannschaften des Vereins feiern. Der Bürgermeister wird kleine Geschenke überreichen, was ihm recht ist, solange er sich nicht – wie im Kindergarten – als Weihnachtsmann verkleiden muß. Die jugendlichen Fußballer und die Kindergartenkinder dürfen zwar noch nicht wählen, aber ihre Eltern. Also wird der Bürgermeister sich verkleiden, sich erniedrigen, sich zum Trottel mit weißem Bart und roter Mütze machen, mit tiefer Stimme *Hoho!* rufen und lügen, daß er vom Nordpol kommt und in seiner Jugend leidenschaftlich gern Fußball gespielt hat, jede freie Minute. In Wahrheit war ihm der Sport immer zuwider und die Sportler erst recht. Seit er denken kann, haßt der Bürgermeister jede Form von Sport und Bewegung. Wäre der Mensch zum Läufer geboren, denkt er, hätte er längere Beine, wäre er zum Schwimmer geboren, hätte er Schwimmhäute, wäre er zum Fußballer geboren, hätte er doch kein Hirn gebraucht. Weil der Mensch aber zum Sitzen geboren ist, hat er einen fetten Arsch. Trotzdem machte man den Bürgermeister zum Ehrenobmann des Sportvereins. Als solcher und vor allem weil eine Gemeinderatswahl bevorsteht, muß er, ob er will oder nicht, alle Heimspiele besuchen. Dabei trägt er um den Hals einen Schal in den Vereinsfarben und, weil der Demütigungen noch nicht genug sind, auch eine dazupassende Kappe. Still freut er sich, wenn die Heimischen verlieren, das dämliche Gesicht des Sektionsleiters ist ihm dann Genugtuung für die verlorene Zeit am Sportplatz.

Der Sektionsleiter beginnt mit seinem Jahresrückblick. Nichts ist langweiliger als ein Jahresrückblick, nichts ist schlimmer als ein Redner, der gnadenlos die Chance nützt, einmal reden zu dürfen, und folglich nicht aufhört, weil er annimmt, die Gäste interessierten sich für den selben Schwachsinn wie er. Bei jeder Weihnachtsfeier jedes Vereins ein Jahresrückblick, viele, viele Stunden Jahresrückblicke: Bilanzen, Ergebnisse, Statistiken, Tabellenplätze, die Zahl abgeschossener Rehe, Hasen und Rebhühner, Einnahmen, Ausgaben, in Prozent, im Vergleich zum Vorjahr – ödest. Sogar der Obmann des Verschönerungsvereins verliest einen Jahresrückblick. Reingewinn des Grillabends: 287 Euro, die man für die Renovierung der Parkbänke verwenden wolle. Ein Verein ohne Jahresrückblick kann nur aus Toten bestehen. Der Bürgermeister meditiert. *Ommm. Nur nicht hinhören*, denkt er, wenn er hinhöre, würden die Reden nie aufhören. Nicht hinhören und wenig essen. Pro Weihnachtsfeier höchstens zwei Vanillekipferl. Die Zeit ist relativ. *Ommm.* Nach zehn Minuten Jahresrückblick dehnt sich eine Minute auf das Doppelte, nach dreißig Minuten könnte man den Redner kaltblütig ermorden, nach sechzig Minuten denkt man an Selbstmord. Der Bürgermeister lächelt, nickt beiläufig. *Ommm.* Anschließend muß er noch zur Weihnachtsfeier der Raiffeisenkasse, in deren Vorstand er sitzt. Dort wird der Direktor die Ehrengäste und die Nicht-Ehrengäste begrüßen und seinen Jahresrückblick halten, dort wird der Festsaal nicht unähnlich geschmückt sein, auch dort wird man Weihnachtslieder singen und am Ende der Feier werden die meisten besoffen sein. Und das Schönste daran: das meiste davon wird der Bürgermeister versäumen. Keine Begrüßung, kein Jahresrückblick, kein Festessen. In der Raiffeisenkasse muß er nicht um Stimmen werben, dorthin kann er zu spät kommen, dort muß er nicht freundlich sein und über jeden blöden Witz lachen, dort wählt keiner die Opposition.

Ein Politiker brauche eine dicke Haut, denkt der Bürgermeister, das wisse jeder. Wo aber der Politiker die dicke Haut brauche, an welchem Körperteil, das wisse keiner. Am Arsch, denkt er, ganz sicher am Arsch. Eine dicke Haut am Arsch sei eine wesentliche Voraussetzung, um ein politisches Amt anzutreten. Mehr jedenfalls als alles andere. Parteitage, Gemeinderatssitzungen, Ausschüsse, Unterausschüsse, Gremien, Sprechstunden, Konzerte, Eröffnungen, Lesungen, überall und ständig muß der Politiker sitzen. Sitzen, nichts als sitzen. Dem Bürgermeister aber fällt das Sitzen heute besonders schwer. Er findet keine Konzentration, versucht wegzuhören, aber um sich zu überzeugen, ob das gelingt, muß er hinhören. Am liebsten würde er aufspringen, *Stopp! Halt! Aus!* rufen, aber sein Pflichtgefühl ist stärker als sein Schmerz im Rükken. Aus der Küche zieht der Geruch des Essens in den Saal, was den Jahresrückblick noch schwerer zu ertragen macht. Für das nächste Jahr wünscht er seiner Mannschaft nur Niederlagen, ausschließlich demütigende Niederlagen, den Abstieg, denn wer würde gern über eine solche Blamage länger als fünf Minuten reden wollen? Sein Zorn hat ihn nun doch abgelenkt, der Applaus schreckt ihn auf, der Sektionsleiter übergibt das Wort an den geschätzten Herrn Bürgermeister, der sich bei diesen Worten am liebsten übergeben möchte. Der Bürgermeister steht auf, lächelt, geht zum Rednerpult. *Liebe Sportkameraden*, sagt er.

Sechzehn Weihnachtsfeiern hat der Bürgermeister nun hinter sich. Nicht ganz die Hälfte. Und schon drei Kilo zugenommen. Und Gastritis. Vanillekipferl kann er keine mehr sehen, und keine Schnitzel mehr, und keine Weihnachtslieder mehr hören. Aber was soll er tun? Das angebotene Essen, den potentiellen Wähler von sich weisen? Lieber ein paar Kilo mehr und Gastritis, als nicht gewählt zu werden. Lieber aus den falschen Gründen gewählt werden, als aus den richtigen Gründen nicht gewählt werden. Lieber übergewichtig als unbedeutend.

Nun hat er drei Tage frei, von Montag bis Mittwoch finden keine Weihnachtsfeiern statt. Der Bürgermeister wird an diesen Tage Diät halten, kein Zucker, kein Alkohol, kein Fett, stattdessen wird er viel Mineralwasser trinken und sich ausschlafen. Ein Leben ohne Politik kann er sich nicht vorstellen, genauso wie es ihm nach wie vor schwer fällt, ohne Familie zu sein. Ob er nun verloren oder gewonnen hat, weiß er bis heute nicht. Je nach Laune und Situation fällt sein Urteil aus. Am Heiligen Abend wird er allein zu Hause sitzen und all die Nicht-Ehrengäste um ihre Lebensführung beneiden, auch am Christtag wird er wieder allein zu Hause sitzen, sich irgendein Essen auftauen und sein Leben verfluchen. Wenn er sich aber ausdenkt, wie es wäre, nur ein Nicht-Ehrengast zu sein, nur einer, der applaudiert, wenn die Ehrengäste sich verbeugen, relativiert er sein Urteil. Ein solches Leben hält er erst recht für unwürdig. Alles wäre gut, wird er denken, hätte seine Frau damals auch nach einem Kompromiß gesucht und nicht die Scheidung verlangt.

Nach einigen Weihnachtsfeiern in den Katastralgemeinden folgen die Feiern der drei *Heil-Vereine*, die der Bürgermeister von allen Vereinen am wenigsten ausstehen kann. Petri Heil, Waidmanns Heil, Sieg Heil: die Fischer, die Jäger, die alten Kameraden. Aber wenigstens Abwechslung im Kulinarischen. Natürlich wird es Fisch geben und Wild, Selbstgefangenes, Selbstgeschossenes.

Wieder ein Name mehr auf der Liste mit rotem Filzstift durchgestrichen. Der Anzug aus grünem Leinen, mehrere Orden, ein letzter Blick in den Spiegel. Drei Tabletten gegen Gastritis in der Geldbörse. Das Extrazimmer weihnachtlich geschmückt, der Weihnachtsschmuck in Rot gehalten, der Hauptbezirksobmann des Kameradschaftsbundes begrüßt die Ehrengäste, verliest den Jahresrückblick. *Ommm, nur nicht hinhören*, denkt der Bürgermeister, *ommm*. Von allen Vereinen sind die drei *Heil-Vereine* die unnötigsten, und von diesen dreien wiederum steht der Kameradschaftsbund auf dem höchsten Gipfel aller Entbehrlichkeit. Die einzige Aufgabe dieses Vereins besteht darin, Begräbnisse zu besuchen. Begräbnisse der Kameraden. Am offenen Grab stehen die alten Kameraden habt acht, soweit ihr Alter das noch zuläßt und singen: *Ich hatt einen Kameraden, einen besseren find'st du nicht.* Folglich sind Allerheiligen und Allerseelen die höchsten Jubeltage des Kameradschaftsbundes, zu Allerheiligen und Allerseelen herrscht Hochstimmung vor den Hitlerbildern. Da wird für die Kriegsgräberpflege gesammelt, da gibt es Totenmessen, da können die alten Naziorden und die neuen Ehrenzeichen Gassi geführt werden. Kein Verein vergibt mehr Orden als die alten Kameraden. Der Bürgermeister besitzt eine ganze Reihe von solchen Auszeichnungen. Die Reservistenschilde in Bronze, Silber und Gold; wie die anderen Blechstücke heißen, weiß er nicht. Und doch ist er im Vergleich zu den Oberkameraden fast nackt. Viele Orden an der Brust, denkt der Bürgermeister, würden das Rückgrat ersetzen, je mehr Orden, desto weniger Rückgrat, und an irgend etwas müsse der Mensch sich doch festhalten, irgendeinen Grund müsse es geben, daß der Mensch aufrecht geht. Verlierer seien sie, denkt er dann, Verlierer, eine Loser-Truppe, eine draufbekommen hätten sie im Krieg, und zwar ordentlich. Zu sagen getraut sich der Bürgermeister das nicht. Wozu mit alten Trotteln streiten, denkt er, im übrigen sei Wahlkampf.

Die meisten der alten Kameraden sind, sofern sie sich noch halbwegs auf den Beinen halten können, auch Jäger, folglich wird der Bürgermeister sie schon demnächst bei der Weihnachtsfeier der Jäger wiedersehen, im selben grünen Leinenanzug, aber mit anderen Ehrenzeichen, im selben Extrazimmer. Was ihm gar keine Freude macht. Die Jagd hält er ohnehin nur für eine Überbrückungshilfe zwischen zwei Kriegen, für eine Art Trainingslager, damit man das Schießen nicht verlernt. Angeschossene Treiber, so denkt der Bürgermeister, seien keine Unfälle, sondern Absicht, biete doch das Abschießen hilfloser Tiere zu wenig Ehre, das könne jeder Kretin.

Am Ende seiner Rede kommt der ordensverzierte, einem Christbaum nicht unähnliche Oberkamerad, last but not least, sagt er, auf die Frauen zu sprechen. Er dankt ihnen, sagt, *ohne der Mithilfe* der Frauen, er sagt tatsächlich ohne der Mithilfe, wäre das Vereinsleben nicht möglich, die Frauen würden so oft auf ihre Männer verzichten und das stillschweigend ertragen. In jedem Jahresrückblick eines jeden Vereins kommt der Dank an die Frauen vor. Welche Anmaßung, denkt der Bürgermeister, froh seien die Frauen, daß ihre Männer von zu Hause fort sind, vermutlich hätten Frauen sogar vor langer Zeit all die Vereine gegründet, um ihre Männer wenigstens zeitweise loszuwerden. Die Alternative wäre Mord gewesen. Die Vereine sind eine Erfindung der Frauen, und die Männer sind dämlich genug zu glauben, sie hätten etwas zustande gebracht und ihre Frauen würden leiden, weil sie, die Männer, so oft das Vereinsleben dem Familienleben vorzögen. So raffiniert sei die Gründung der Vereine gewesen, denkt der Bürgermeister, und so sinnvoll. Die Frauen hätten ihre Ruhe, die Männer ihre Wichtigkeit und die Ehen Frieden.

Zum ersten Mal ist heute Schnee gefallen. Schnee. Den liebt der Bürgermeister, frisch gefallener Schnee, ohne die Spuren von Menschen, ohne Tritte. Der Schnee erinnert ihn an seine Kindheit, als er mit seinen ersten Schiern den kleinen Hügel im Garten hinunterrutschte, an seinen ersten Schikurs, wo er zum ersten Mal ein Mädchen küßte, draußen, damit's keiner sieht, im Schneefall. Der Schnee deckt das Häßliche zu, die schmelzenden Flocken im Gesicht erfrischen die Haut. Schnee, Märchenlandschaft, Kindheit, am liebsten würde er jetzt weitergehen, aus der Stadt hinaus, zurück in seine Vergangenheit, und vielleicht gelänge ihm dabei für einen Moment, die früheren Jahre einzuholen, als alles noch so unendlich leicht war, alles noch vor ihm und so wenig hinter ihm lag. Mit dem Schnee verbindet der Bürgermeister fast nur Schönes. Seit er aber sein Amt innehat, bedeutet Schnee Ärger. Schon jetzt werden die ersten Bürger am Gemeindeamt anrufen und sich über die mangelhafte Schneeräumung beschweren. Morgen werden die Telefone heißlaufen. Jede Bitte, jede Anfrage als Vorwurf vorgetragen. Bevor noch die erste Schneeflocke den Boden berührt, sollten die Räumfahrzeuge schon vor Ort, und zwar an jedem Ort, parat stehen. Als ob Schnee Gift wäre, so hysterisch reagiert die Bevölkerung. Diese Idioten, denkt der Bürgermeister und daran, was die Schneeräumung der Gemeinde kostet. Überdies könnte der Schneefall seine Wahl gefährden. Wenn die Räumung dem Schneefall nicht nachkommt, morgen die ersten Autos im Graben landen, die ersten Passanten ausrutschen und hinfallen, könnte auch er ausrutschen und hinfallen und im Graben landen – politisch. Es möge aufhören zu schneien, denkt der Bürgermeister, je mehr Schnee, desto mehr Beschwerden, desto mehr empörte Bürger, desto weniger Stimmen. Der Bürgermeister ruft im Bauhof an. Die Räumfahrzeuge stehen bereit – und die Fahrer. Alles funktioniert in seiner Gemeinde. Dank ihm. Der politischen Nutte, die alle Wünsche erfüllt. Schnee räumen? Gern! Eine Baugenehmigung? Warum nicht? Eine Arbeit am Gemeindeamt für die Tochter? Selbstverständlich! Protektion beim Herrn Landeshauptmann? Klar doch! Einen öffentlichen Auftrag? Sicher! Ein Hallenschwimmbad? Sofort! Mehr Ruhe in der Nacht? Kein Problem. Ein reges Kulturleben? Bitte schön. Einen Parkplatz vor der Tür? Sowieso. Schönere Frauen? Auch gut. Einen Flug zum Mars? Wird gemacht. Und was bekommt er dafür? Ein Kreuz. Ein Kreuzerl. Ein Kreuzerl auf dem Stimmzettel. Das soll gerecht sein? In einem vernünftigen Verhältnis stehen? Ein Kreuzerl, zwei kleine Striche an der richtigen Stelle, so wenig für so viel? In der Demokratie seien alle gleich, denkt er, nur er nicht, ein Bürgermeister sei weniger wert – nichts.

Die weiß werdende Landschaft beruhigt den Bürgermeister, er weiß, daß morgen schon der Schnee wieder schmelzen wird und die Bürger bis zur Wahl längst vergessen haben werden, ob die Schneeräumung funktioniert hat oder nicht. Die meisten Wähler sind sehr vergeßlich, die meisten Wähler sind Idioten, denen man das Wahlrecht entziehen müßte. Die weiße, unschuldige Landschaft wird grau werden, naß und schmutzig. Nicht nur das Gute vergeht, auch das Schlechte. Der Bürgermeister ist auf dem Weg zum Zeughaus. Dort wird die Weihnachtsfeier der Freiwilligen Feuerwehr stattfinden. Die Feuerwehr kann der Bürgermeister leiden, nicht aber ihre Feier. Im Zeughaus stinkt es nach Benzin und nach der in den Kästen hängenden Einsatzkleidung. Überdies ist es dort kalt und die meisten Feuerwehrleute sind katastrophengeil. Ständig werden während der Feier Fotos herumgereicht, die furchtbare Unfälle zeigen. Verletzte, Tote, Autowracks, Blutlachen, alle Schrecklichkeiten dieser Welt, als ob ein Wettbewerb stattfände, wer das Scheußlichste gesehen und ertragen hat.

Der Bürgermeister geht durch seine Stadt. Viele Bürger kehren die Gehsteige, obwohl erst ein paar Zentimeter Schnee gefallen sind. Vor dem Zeughaus stehen die Feuerwehrautos, Fackeln weisen den Weg. Der Bürgermeister aber bleibt stehen, geht in die andere Richtung, hinaus aus der Stadt, weg vom Zeughaus. Den Schneefall will er genießen, die erfrischende Nässe in seinem Gesicht. Was werde er schon versäumen, denkt er, die Feier werde sein, wie jene im Vorjahr gewesen ist. Der Ortskommandant begrüßte diverse andere Kommandanten, den Unterabschnittskommandanten, den Abschnittskommandanten, den Bezirkskommandanten, den Brandrat, den Oberbrandrat, und verlas seinen Jahresrückblick, sprach von Ausfahrten und Einsätzen, von geborgenen Verletzten und Toten, von Bränden und Unfällen, während der Bürgermeister, auf der Suche nach Ablenkung, das Innere des Zeughauses betrachtete, die Kästen zählte, die an der Wand hängenden Helme zählte. *Mit Kraft und Mut/für des Nächsten Gut* stand an eine Wand des Zeughauses geschrieben. Merkwürdig, dachte er, dieser Spruch könnte auch für eine Einbrecherbande gelten.

Der Bürgermeister kommt zu spät zur Weihnachtsfeier der Freiwilligen Feuerwehr und ein wenig durchnäßt vom Schneefall, wenngleich noch immer pünktlich. Begrüßen, Hände schütteln, winken, Platz nehmen, Applaus für ihn, den Ehrenkommandant der Feuerwehr. Aber er weiß, daß er nicht als Person, sondern als Inhaber eines Amtes eingeladen ist. Werde er eines Tages nicht mehr Bürgermeister sein, würden die Einladungen schlagartig abnehmen, denkt er, man werde ihn höchstens als Altbürgermeister einladen. *Altbürgermeister*, welch ein Wort. *Alt* als letzte Stufe vor *tot*. Aber noch ist es nicht so weit, noch kämpft er um sein Amt, um weitere fünf Jahre Wichtigkeit und Zeitvertreib. Und natürlich weiß er, daß man von ihm etwas erwartet. Geld. Eine Gemeindesubvention. Förderungen, Kredite. Der Bürgermeister enttäuscht seine Wähler nicht. Wie ein Weihnachtsmann zieht er von Feier zu Feier, überreicht Geschenke, holt sich seinen

Applaus und seine Stimmen ab. Was er im Vorjahr vorausblickend gekürzt und eingespart hat, verteilt er nun, knapp vor den Wahlen. Alle sind zufrieden, zumal die Zeiten auch schon schlechter waren. Die Kürzungen ließ er von seinem Stadtamtsdirektor verkünden, die Geschenke bringt er selbst – und bekommt seinerseits Geschenke. Ausschließlich Scheußlichkeiten. Meist Zinnteller, Zinnbecher oder bemalte Weingläser. Völlig unbrauchbar. Im Grunde eine Beleidigung des Beschenkten, eine geistige Bankrotterklärung des Schenkers. „Gut Wehr", sagt der Bürgermeister am Ende seiner Rede. Tosender Applaus, nicht nur weil seine Rede kaum fünf Minuten gedauert hat, sondern weil er der Feuerwehr – symbolisch – zehn neue Atemschutzgeräte übergeben hat.

Der Ortskommandant der Freiwilligen Feuerwehr betritt noch einmal das Rednerpult, dankt dem Bürgermeister und wünscht guten Appetit. Jetzt kommt, worum es im Grunde immer geht: das Fressen und Saufen. Ums Fressen und Saufen geht es, alles andere vorher ist nur der Anlaßfall, wie auch die Kunst oft nur der Anlaßfall ist. Ob bei einer Vernissage in der örtlichen Sparkasse oder bei den Salzburger Festspielen, wer den Anlaßfall, die Kunst, übersteht, darf anschließend saufen und fressen.

Kiloweise steht die Weihnachtsbäckerei auf den Tischen. Schon bei ihrem Anblick könnte der Bürgermeister sich übergeben. Nach der Vorspeise, sie wird gerade serviert, wird er die Feuerwehr verlassen und an diesem Abend eine zweite Weihnachtsfeier besuchen, die aber eigentlich schon die dritte an diesem Tag ist, denn bereits am Nachmittag hat die katholische Jugend gefeiert: Krippenspiel, Weihnachtsbäckerei, Weihnachtslieder – das volle Weihnachtswahnsinnsprogramm. Man meint es gut mit dem Bürgermeister und füllt ihm seinen Suppenteller ein zweites Mal voll, die Hauptspeise wird er bei der nächsten Feier essen, und weil er heute Glück hat, muß er nicht bei einer dritten die Nachspeise hinunterwürgen.

Die Weihnachtsfeier des Verschönerungs- und Stadterneuerungsvereins ist der politische Härtetest für den Bürgermeister. Hier sind jene Mitglied, die mit der Gemeindepolitik nicht zufrieden sind, viele von ihnen Wiener, die nicht einmal in der Gemeinde wahlberechtigt sind. Mit Widerwillen und Angst geht der Bürgermeister hin. Den ganzen Abend wird er nicht nur die Gemeinde-, sondern auch die Weltpolitik verteidigen oder die Weltpolitik für die Zustände in der Gemeinde verantwortlich machen müssen. Vor allem aber wird er sich Vorwürfe, er sei bestechlich, gefallen lassen müssen. Er vergebe Gemeindeaufträge nach Absprache, er würde Geschenke annehmen. Alles Unsinn. Wenn er einem Gärtner den Auftrag gebe, für ein Jahr den Blumenschmuck der Gemeinde zu gestalten, und dieser Gärtner im Gegenzug sich mit floristischen Geschenken bei ihm einstelle, dann könne er sich insofern nicht erwehren, weil die anderen ansässigen Gärtner ähnlich reagieren würden. Daher könne von Bestechung keine Rede sein, zumal jedes Jahr ohnedies ein anderer Gärtner zum Zug komme. Ähnlich verhalte es sich mit allen anderen Betrieben, die Gemeindeaufträge erhielten. Jeder gibt etwas, egal wen er beauftragt. Die Weihnachtsfeier des Verschönerungs- und Stadterneuerungsvereins ist die einzige, bei der der Bürgermeister sich absichtlich betrinkt. Bei allen anderen Weihnachtsfeiern ist er zwar auch betrunken, aber nur zufällig. Die Verschönerer und Erneuerer erträgt er nur betrunken.

Bevor der Bürgermeister die Weihnachtsfeier seiner verhaßten Gegner aufsucht, geht er nach Hause, um sich umzuziehen. Statt des schwarzen Anzugs nimmt er eine schwarze Jeans, ein Poloshirt, ein schwarzes Sakko, statt der Floriani-Plakette steckt er das Zeichen der Aids-Hilfe an das Revers. Auf seiner Liste streicht er heute bereits den dritten Namen durch. Nur noch vier Weihnachtsfeiern. Hätte er noch die Kraft zum Freuen, er würde sich freuen. Die Gastritistabletten sind fast aufgebraucht, die schmerzstillenden ebenso. Drei Termine beim Chiropraktiker hat er bereits absolviert.

Was haben Franz Xaver Gruber und Joseph Mohr der Welt angetan, als sie „Stille Nacht, Heilige Nacht" schrieben? Auch die Verschönerer und Erneuerer müssen auf ihrer Weihnachtsfeier dieses Lied singen, aber in drei Sprachen: in Deutsch, Englisch und Französisch. Englisch kann der Bürgermeister ein wenig, Französisch gar nicht. Jetzt hätten sie es ihm wieder gezeigt, denkt er, wie blöd er sei, zu blöd für das Bürgermeisteramt. Diese Arschlöcher. Sonst singen auch sie, wie alle anderen Vereine, ausschließlich amerikanische Lieder. „I'm dreaming of a white christmas", „Jingle bells", „We wish you a merry christmas",

„Santa Claus is coming to town". Nur die alten Kameraden verweigern die fremde Kultur, Unkultur sagen sie, auf ihrer Weihnachtsfeier werden ausschließlich die alten deutschen Weihnachtslieder gesungen. Wenn der Bürgermeister „Leise rieselt der Schnee", „O Tannenbaum", „Es ist ein Ros entsprungen", „Ihr Kinderlein kommet", „O du fröhliche", „Süßer die Glocken nie klingen" hört, erinnert er sich an die Weihnachtstage seiner Kindheit und versteht in diesem Moment die alten Kameraden. So schlecht könne die Zeit früher gar nicht gewesen sein, daß sie nicht besser wäre als heute, da man erwachsen ist oder alt, da man vieles kann, bloß eins nicht: die Zeit zurückdrehen, noch einmal von vorne anfangen. Alles ist besser als alt und gebrechlich zu sein, auch der Krieg. Stille Nacht, heilige Nacht.

Einige der Verschönerer und Erneuerer trinken inzwischen mit dem Bürgermeister Bruderschaft, sagen jetzt *du* zu ihm. Auch das haßt der Bürgermeister, aber auch das akzeptiert er als Teil des Wahlkämpfens. Von einem, der *du* zu einem sage, dürfe man doch erwarten, daß er einen auch wählt, denkt er. Überdies sagen nahezu alle *du* zu ihm, auch die größten Arschlöcher, auch die Mitglieder der drei *Heil-Vereine*.

Am vorletzten Samstag vor Weihnachten findet die Feier seiner Partei statt. Die wichtigste und gediegenste aller Weihnachtsfeiern, ein paar hundert Gäste sind geladen, statt Sekt wird Champagner gereicht. Trotz aller Routine ist der Bürgermeister nervös. Heute dürfe nichts mißlingen. Die größten politischen Feinde sitzen immer in der eigenen Partei. Besonders lange bleibt er vor dem Spiegel stehen. Gezeichnet sehe er aus, denkt er, Sieger sähen anders aus. An der Hand trägt er den Ehrenring der Stadt, am Revers die silberne Ehrennadel. Noch eine Stunde Zeit. Heute ist er der Gastgeber, heute wird er als erster kommen und als letzter heimgehen. Wie fast immer. Nahezu von jeder Weihnachtsfeier geht er als letzter weg, manchmal sogar direkt in sein Amt. Wenn er einmal sitzt, dann sitzt er, und solange er sitzt und zuhört, kann keiner schlecht über ihn reden.

Der Bürgermeister geht zum Rednerpult, begrüßt die Ehrengäste, die aufstehen und sich vor den Nicht-Ehrengästen verbeugen, die wiederum diese politische Anstrengung mit Applaus bedanken. An die fünfzig Prominente, zum Großteil überregional prominent, werden namentlich und unter Nennung ihrer Funktionen begrüßt. An ihrer Spitze der Landeshauptmannstellvertreter. Nur mit äußerster Anstrengung kann der Bürgermeister Haltung bewahren, lächeln, freundlich sein. Sein Rücken schmerzt, seine Gastritis brennt. Nach jeder mit Applaus bedachten Namensnennung stößt es ihm sauer auf, spürt er die Magensäure die Speiseröhre hochkriechen bis in den Rachen. „Wir begrüßen herzlich in unserer Mitte den Herrn Präsidenten der …, rülps, wir begrüßen ebenfalls recht herzlich in unserer Mitte Herrn Monsignore … rülps“, mehr als fünfzig Namen, mehr als fünfzig Funktionen. Den Jahresrückblick, der gleichzeitig auch Programm für die kommende Wahl ist, faßt der Bürgermeister in wenigen Sätzen zusammen. Rückblick und Wahlprogramm sind die fünfzig Namen. Mehr gibt es im Grunde nicht zu sagen. Dem Magen scheint das Programm nicht zu gefallen, er wehrt sich nach wie vor, drückt sich unter das Brustbein, brennt, wie hochprozentiger Schnaps in einer offenen Wunde brennt. Schlußendlich dankt der Bürgermeister den Frauen für ihre Aufopferung und Geduld und übergibt das Wort an den Landeshauptmannstellvertreter, der den – leider verhinderten – Landeshauptmann vertritt und dessen Grüße übermittelt. Diesen Satz kennt der Bürgermeister. Wo ginge der Landeshauptmannstellvertreter hin, denkt er, wenn er, der Stellvertreter, einmal gehen dürfte, wohin er will, und nicht ständig den Landeshauptmann vertreten müßte. Und wohin geht der Landeshauptmann, der sich doch ständig und überall vertreten läßt? Bleibt er zu Hause?

Der Bürgermeister sieht sich um. Da sitzen sie – seine Wähler. Kein schönes Volk, seine Mitbürger, denkt er, ein häßliches Volk, ein im Grunde *häßliches, schwer übergewichtiges Volk. Heimat bist du großer Söhne, Volk begnadet für das Schöne.* Ein Witz diese Zeile aus der Bundeshymne. Weder schön noch begnadet für das Schöne. Und schon gar nicht begnadet. *Heimat bist du blöder Söhne, Volk …*, jetzt stockt der Bürgermeister, ihm fällt kein Reim auf Söhne ein, der das Gegenteil von schön ausdrücken würde. Vielleicht sei es Frau Paula von Peradovic ähnlich gegangen, denkt er, vielleicht sei ihr, als sie den Text für die Bundeshymne geschrieben habe, kein Reim auf Söhne eingefallen, trotz aller Anstrengungen, dann habe sie eben auf Söhne Schöne gereimt, obwohl sie es gar nicht so gemeint habe. Diese abgrundtief häßlichen Dummschädel würden ihn wählen, denkt der Bürgermeister, darauf solle er stolz sein? Darauf könne er verzichten. Der Magen brennt ihm, und trotz der harten Haut am Arsch kann er wegen seiner Rückenschmerzen kaum noch sitzen. Gleich werde er aufspringen, denkt er, und die Wahrheit in den Saal brüllen, daß er um seiner Arbeit willen gewählt werden will und nicht weil er sich zu über fünfzig Weihnachtsfeiern schleppt und dort jeden Schwachsinn über sich ergehen läßt, daß er Gastritis hat und am Morgen sich aus dem Bett rollen muß, weil ihm der Rücken schon so weh tut. Er hasse Weihnachten, er hasse Vanillekipferl, er hasse Stille Nacht, Heilige Nacht, und er hasse diese verdammten Wahlen, die aus ihm keinen Bürgermeister, sondern einen Trottel machen würden, den Obertrottel in einer Gemeinde von Trotteln. Scheiß Demokratie, es lebe die Diktatur.

Der letzte Redner hat seine Ansprache beendet, der Bürgermeister geht noch einmal zum Rednerpult, rülpst auf dem Weg dorthin mehrmals, wünscht gesegnete Weihnachten, eine besinnliche Zeit im Kreis der Familie und guten Appetit. Applaus.

Nach dem Essen, vier Gänge, kommt, was in allen offiziellen Einladungen *gemütliches Beisammensein* heißt und eigentlich allgemeine Auflösung, Chaos heißen müßte. Allein das Wort *gemütlich* jagt dem Bürgermeister kalte Schauer über den schmerzenden Rükken. Nach dem Fressen und Saufen wird es erst so richtig gemütlich. Hat man die Sau in sich hineingefressen, läßt man jetzt die Sau heraus. Ab nun ist die zwischenmenschliche Bezeichnung „du Sau du“ keine Beleidigung mehr, sondern ein Versprechen. Ein sexuelles. Der Bürgermeister hält sich weder für besonders attraktiv noch für besonders häßlich, und von der Erotik der Macht hält er schon gar nichts. Dieses Kapitel hat er abgehakt, erledigt. Seit er ein Achtel Rot einem Beischlaf vorzieht, fühlt er sich befreit, eine Last weniger auf seinen Schultern und seiner Seele. Die Dame kann mit ihrer Hand auf seinem Oberschenkel machen, was sie will, eher würde der Bürgermeister die Oppositionspartei wählen als auf ihr Angebot eingehen. Und wer weiß, ob sie mitmachen würde, falls er es ihr machen wollte. Die meiste Erotik bleibt in der Ankündigung stecken, im peinlichen Balzritual. Wie vieles, was seine Wähler ankündigen, in der Ankündigung stecken bleibt. Keiner hat noch aus Zorn das Gemeindeamt in Brand gesteckt oder einen Politiker an den Eiern aufgehängt.

Mit noch reichlich Restalkohol im Blut bricht der Bürgermeister am nächsten Tag zu seiner vorletzten Weihnachtsfeier auf. Ins Altersheim. Seine Depression und der Anblick des Heims verschärfen die Gastritis. Am besten wäre, sich gleich anzumelden, denkt er, anmelden für ein Pflegebett. Im Altersheim riecht es nicht nach Weihnachten, sondern nach alten Menschen. Es stinkt. Der Bürgermeister hält diesen Geruch kaum aus. Aber auch die Alten sind noch wahlberechtigt, das Altersheim ist sogar ein eigener Wahlsprengel, eine Wahlkommission wird dort die Stimmen der Alten einsammeln, ihnen beim Ausfüllen der Stimmzettel behilflich sein. Ein Mandat ist hier zu holen, vielleicht das entscheidende Mandat. Die Stimme eines Alzheimerpatienten, der sein Zimmer nicht mehr findet, zählt in der Demokratie genau so viel wie jene eines Politologen. Warum nicht, denkt der Bürgermeister, wollte man die Alten entmündigen, müßte man mit dem gleichen Recht neunzig Prozent der Bevölkerung entmündigen. Graubraune Stofftapeten, graue Böden, braune Türen, lange Gänge. Das Altersheim erinnert den Bürgermeister an sein Studentenheim. Aber das hier ist ein Heim des Todes. Hier kommt keiner als Magister oder Doktor hinaus in einen neuen Lebensabschnitt, hier wird man hinausgetragen – tot. Deprimierend. Die Alten applaudieren, soweit sie das noch können, als der Bürgermeister den weihnachtlich dekorierten Speisesaal betritt, um drei Uhr nachmittag. Eine Gruppe des Gesangsvereins singt Weihnachtslieder, Musikschüler begleiten die Sänger. „I'm dreaming of a white Christmas". Was die wenigsten Alten verstehen, sie gehören noch einer Generation an, die Englisch kaum gelernt oder verwendet hat. Der Heimleiter, der Bürgermeister nennt ihn heimlich *Lagerleiter*, begrüßt die Ehrengäste, an der Spitze den Herrn Bürgermeister, der aufsteht und sich verbeugt. Applaus. Der Heimjahresrückblick: Aktivitäten, Ausflüge, die Ergebnisse der Bastelgruppe, Zugänge, Abgänge. Wer nicht schon verblödet ins Heim komme, verblöde hier schlagartig, denkt der Bürgermeister und kann den Alten ansehen, wie sie sich erinnern, an jene Weihnachten denken, da sie noch Kinder waren. Arm vermutlich, aber noch jung. Die

Erinnerung macht traurig, die vergangene Zeit macht traurig. Selig, wer dement ist. Leise rieselt der Schnee. Leise rieselt der Kalk. Eine Klasse der Volksschule stellt sich auf zum Krippenspiel. Das achte, das der Bürgermeister heuer sehen wird; das fünfte, das im Altenheim heuer aufgeführt wird, wie er erfahren hat. Die armen Alten, denkt er, die meisten seien ohnehin schon so weich in der Birne, daß sie die eigenen Verwandten nicht erkennen, und jetzt müßten sie das fünfte Krippenspiel auf die Reihe bringen. Ist schon wieder Weihnachten? Ist jedes Wochenende Weihnachten? Ein kleiner Josef, eine kleine Maria, in der Krippe eine Plastikpuppe, zwei kleine Mädchen als Engel verkleidet, zwei Buben als Ochs und Esel. Der Bürgermeister meditiert. Ommm. Nur nicht hinhören, denkt er, ommm, ruhig bleiben, bald sei Weihnachten vorbei. Aber noch Schlimmeres lauert. Die Ballsaison. Einundzwanzig Bälle, Tanzkränzchen, Maskenfeste stehen bislang auf seinem Besuchsprogramm. Er haßt den Sport, er haßt die Musik, und das Tanzen ist die Kombination von beidem. Sich verkleiden haßt er sowieso. Vorher noch Silvester. Fressen, saufen. Dann der Neujahrsball. Fressen und saufen. Seine Gastritis werde ihn noch umbringen. Aber Wahlkampf ist, weiterfressen, weiterfressen, weiterfressen.

Vorne finden Josef und Maria Zuflucht in einem Stall, gerade noch rechtzeitig, daß Maria Jesus auf die Welt bringen kann. Maria schreit, auch der Bürgermeister schreit. Er schreit und stürzt auf die Bühne, stößt Maria weg, stößt Josef weg. Er nimmt das Jesuskind an einem Bein und schleudert es in den Saal. Das Jesuskind schlägt auf einen Tisch ein, mitten in einen Teller Weihnachtsbäckerei. Das Jesuskind schlägt ein zweites Mal auf und räumt Kaffeetassen und Dessertteller ab, bis es im Schoß einer Rollstuhlfahrerin landet. Noch immer schreit der Bürgermeister. Schreiend reißt er einem kleinen Engel die Flügel aus, einem anderen den Heiligenschein vom Kopf, schreit weiter, tritt gegen den Bühnenaufbau, der Stern von Bethlehem fällt zu Boden, hinter der Bühne stehen die Heiligen Drei Könige, die auf ihren Auftritt warten. Kaspar bekommt eine Ohrfeige, daß ihm die Krone vom Kopf fällt. Aus dem Bürgermeister ist ein alles zerstörender Taifun geworden. Nach dem Taifun Stille. Ein paar Insassen klatschen, andere wachen auf, ein paar Stökke fallen um. Was habe er gesagt, hört man einen alten Mann fragen, was habe er gesagt?

Die Zeugenaussagen werden sich widersprechen. Wie lange der Taifun gedauert hat? Fünf Minuten. Eine Minute. Nur Fünfzehn Sekunden. Nur so lange, wie ein Mensch schreien kann. Ein einziger Schrei sei es gewesen.

Drei Monate später bekommt der Bürgermeister in einem Festakt die höchste Auszeichnung der Stadt verliehen, den goldenen Wappenring; gleichzeitig überreicht ihm der Landeshauptmannstellvertreter die Goldene Ehrennadel für Verdienste um das Bundesland. Der Bezirksparteivorsitzende stellt sich mit der höchsten Parteiauszeichnung ein. Der Landeshauptmannstellvertreter hält die Laudatio, eine Art Lebensrückblick, und richtet die Grüße des Herrn Landeshauptmanns aus. Der Bürgermeister muß lächeln. Er freue sich, denken die Ehrengäste. In Wahrheit aber denkt er an seine Wiesen, die er noch in Bauland umwidmen hat lassen, und an das Mittelmeer denkt er, wohin er fahren will.

Sein Nachfolger im Bürgermeisteramt verliert zwar bei der nächsten Wahl ein wenig an Stimmen, kann aber die absolute Mehrheit an Mandaten halten.

Vom Vorsatz,
sich nichts zu schenken
und anderen Irrtümern

Werner Schneyder

Theorie des Weihnachtsgeschäftes

In diesem Jahr haben angeblich die Weihnachtseinkäufe einmal nicht „alle Rekorde“ gebrochen, weil „Konsumrausch“ und „Schenkwut“ nur in gewohntem Rahmen geblieben sein sollen, weil einige Branchen sogar ein paar Prozente „minus“ melden mußten.

Woher das Erstaunen? Die Erklärung ist so einfach wie die Nationalökonomie an und für sich.

Die Leute, die genug Geld haben, haben keinen Platz mehr. Die Leute, die noch Platz haben, haben zuwenig Geld.

Von der dritten Gruppe, von denen, die weder Platz noch Geld haben, sprechen wir nicht, sie sind für die Bilanzen des Christfestes nicht so relevant.

Reden wir von jenen, die sich das Schenken praktisch versagen müssen.

Was sollen die armen Teufel, die alles haben und deshalb keinen Platz mehr, denn noch erwerben? Sollen sie sich die Bilder von den bereits völlig zugepflasterten Wänden reißen? Sollen sie sich einen Architekten suchen, der ihnen einredet, das Anschrauben von Bildern an Decken wäre jetzt „in“?

Je flauschiger die Pelze, desto mehr Platz beanspruchen sie im Schrank. Würde der liebende Gatte auf diesem Gebiet noch einen Wunsch erfüllen wollen, müßte er den neuen Schrank gleich mitkaufen, aber wohin dann mit der Sitzlandschaft? Die Wand zwischen den Zimmern ist zugunsten des Großraumes längst weggebrochen, und eine generelle Ausweitung der Wohnfläche scheitert an der Existenz von Nachbarn und Grundbucheintragungen.

Um es abzukürzen: Ursache für eine leise Weihnachtsgeschenkbaisse ist das „Wohin mit dem Zeug"-Syndrom. Jede Schmuckschatulle wird irgendwann zur Truhe und ist dann in keiner solchen mehr zu verstauen.

Und das ist auch ein Teufelskreis: Je mehr Exemplare einer Sache man hat, desto weniger benutzt man das einzelne Stück, um so länger ist die Haltbarkeit. Das gilt für Hemden, Hosen, aber auch für Bücher. Ich, zum Beispiel, besitze – gemessen an meiner Leselust – derartig viele Bücher, daß für die meisten von ihnen das Wort „neuwertig" nicht zu hoch gegriffen ist. Ich sehe mich aber aus Raumgründen gezwungen, für jedes neue Buch ein anderes für „zu alt" zu erklären und wegzugeben oder wegzuschmeißen. Das gilt als „Barbarei", scheint mir aber die Voraussetzung funktionierender Ökonomie zu sein. Wir müssen Verluste nicht nur in Kauf nehmen, wir müssen sie herbeiführen, sonst gehen die Geschäfte schlecht. Nur mit dieser Erkenntnis ist die Einstellung der Autoindustrie zu den Unfallzahlen, ist die Toleranz der Regierungen gegenüber den Waffenhändlern erklärbar.

Ein Impuls für das Weihnachtsgeschäft wäre: Die Gesellschaft sorgt dafür, daß die, die noch Platz haben, zu Geld kommen. Aber dieser Tip trägt den Keim sozialpolitischer Polemik in sich und hat daher zu Zeiten des hohen Festes nichts zum Gespräch beizutragen.

Christine Nöstlinger

Vom Vorsatz, heuer nichts zu schenken

Je näher Weihnachten rückt, umso gespannter werde ich! Nicht dass ich, mir meine Kindlichkeit bis ins hohe Alter bewahrend, auf das gespannt wäre, was an Paketen unter dem Christbaum auf mich lauern wird, denn was dort meiner harren wird, ist mir ziemlich klar!

Schließlich habe ich meiner Mutter mehrmals angedeutet, dass mein Bestand an Bettwäsche kein großer ist und meine Lieblingsfarbe – für Bettwäsche – seit neuestem wieder „Reinweiß“ ist.

Und nicht umsonst, meine ich, bin ich schon dreimal in Begleitung meines Mannes vor einem Tandlerladen stehengeblieben und habe eine bestimmte Kleinigkeit idiotisch lange angeglotzt.

Und es steht zu hoffen, dass nicht der Mann einer anderen Frau schuld daran ist, dass diese Kleinigkeit seit ein paar Tagen nicht mehr in der Trödlerauslage liegt. Und dass mein Nachwuchs nur geschmacklich einwandfrei Schenkbares auswählt, weiß ich aus langjähriger Erfahrung!

Ich bin auch nicht gespannt, ob ich es schaffen werde, allen Leuten, die ich beschenken will, gerecht zu werden, obwohl ich bis jetzt noch überhaupt kein Geschenk gekauft habe. Irgendwie, schließlich, schaffe ich es doch jedes Jahr. Und die Beschenkten scheinen nie allzu unzufrieden.

Gespannt bin ich, wer von allen meinen Freunden, die in den letzten Wochen erklärt haben, „die Schenkerei komplett abzuschaffen", diesen Vorsatz endlich durchführen wird!

Seit gut einem Jahrzehnt nämlich höre ich von ernsthaften, aufrechten Leuten immer wieder: „Wir haben uns heuer geeinigt, die Geschenke abzuschaffen!" Und dann folgt viel von Konsumtrottelei und Verlogenheit und Sinnleere und all den Argumenten, die ich nicht weiter aufzählen will, weil sie ohnehin jeder kennt.

Noch mehr beeindruckt bin ich allerdings immer dann, wenn mir diese ernsthaften, aufrechten Leute eine Woche nach Weihnachten erklären, wieso und warum sie dieses Jahr trotzdem geschenkt haben und beschenkt wurden.

Der Gründe, noch einmal, ein letztes Jahr, an diesem „Irrsinn" teilzunehmen, sind viele, und sie brauchen auch nicht aufgezählt zu werden, weil wir sie alle kennen.

Aber ich beeide hiermit in aller Öffentlichkeit: Der erste meiner Freunde, der tatsächlich damit aufhört, zu Weihnachten etwas zu verschenken, wird gebührend von mir belohnt; mit einem kleinen Weihnachtsgeschenk!

Ludwig Thoma

Der Christabend
Eine Familiengeschichte

Bei Oberstaatsanwalts Saltenberger hatten sie drei Töchter, Emerentia, Rosalie und Marie.

Alle im höchsten Grade fähig und entschlossen, dem ledigen Stande zu entsagen.

Das herannahende Weihnachtsfest brachte die geliebten Eltern auf den Gedanken, daß sie ihre Kinder am besten mit Männern bescheren würden, und sie überlegten lange, wie dieses zu ermöglichen wäre.

Mama Saltenberger meinte, ihr Mann sollte seine hervorragende Beamtenstellung in die Waagschale werfen und jüngere Kollegen durch die Macht seines Ansehens an ihre staatsbürgerlichen Pflichten erinnern. Saltenberger war nicht prinzipiell abgeneigt, aber er betonte, daß dieser Einfluß nur in ganz familiären Grenzen ausgeübt werden dürfe und daß man in der Wahl der Objekte sehr vorsichtig sein müsse.

In geheimer Beratung wurde zur engeren Wahl der zukünftigen Familienmitglieder geschritten.

Beide Eheleute einigten sich zunächst auf Karl Mollwinkler, zweiter Staatsanwalt. Er war ziemlich abgelebt, und sein kränklicher Zustand ließ hoffen, daß er sich nach der Pflege einer geliebten Frau sehne.

Als zweiter ging Sebald Schneidler, königlicher Landgerichtssekretär, durch. Nicht ohne Widerspruch. Frau Saltenberger fand die Stellung denn doch etwas subaltern. Ihr Mann hatte Mühe, sie zu überzeugen, daß die gegenwärtige Zeitrichtung die Standesunterschiede einigermaßen nivelliert habe und daß speziell in Heiratsfragen eine zu strenge Auffassung von Übel sei.

Schließlich kam man dahin überein, daß Schneidler sich in Anbetracht seiner sozialen Verhältnisse mit der ältesten Tochter, der vierunddreißigjährigen Emerentia, zu begnügen habe.

Die Aufstellung des dritten Kandidaten bereitete Schwierigkeiten.

Unter den Juristen fand sich trotz sorgfältigster Prüfung keiner mehr, der des Vertrauens würdig gewesen wäre. Man mußte wohl oder übel in eine andere Sparte hinübergreifen.

Aber auch da zeigten sich überall unüberwindliche Schwierigkeiten, und schon wollte der Oberstaatsanwalt an der gestellten Aufgabe verzweifeln, als im letzten Moment Frau Saltenberger den rettenden Gedanken faßte.

„Weißt du was, Andreas“, sagte sie, „wir nehmen einfach einen von der Post. Da sind die meisten Chancen, denn fast alle Verlobungen, welche man an Weihnachten in der Zeitung liest, gehen von Postadjunkten aus.“

Dieses leuchtete ihrem Manne ein, und er gab seine Zustimmung zur Wahl des Postadjunkten Jakob Geiger. Somit war die Sache gediehen; es galt nunmehr, die zur Bescherung Vorgemerkten unter die drei Töchter zu verteilen.

Und das war das schwierigste.

Der Friede wich aus dem Hause des Oberstaatsanwalts Saltenberger.

Emerentia brach in Tränen aus, als die Eltern von dem Plane sprachen; sie sei immer das Stiefkind gewesen, die anderen Fratzen habe man verhätschelt und verzogen, nur sie sei mißhandelt worden, und jetzt solle sie sich mit einem Sekretär begnügen.

Vielleicht müsse sie noch Komplimente machen vor dem ekelhaften Ding, der Rosalie, die man natürlich zur Frau Staatsanwalt nehme, obwohl sie die Dümmste von allen sei. Aber nein! nein! und nein! Da kenne man sie schlecht. Sie lasse nicht auf sich herumtrampeln, und lieber verhindere sie den Plan, so daß gar keine einen Mann erwische, als daß sie sich mit dem Affen von einem Sekretär abfinden lasse.

Ihr Widerstand war leidenschaftlich, aber nicht schlimmer als derjenige von Marie, welcher man den Postadjunkten zugedacht hatte. Sie war die jüngste und durfte billig annehmen, daß sie auf dem Heiratsmarkte die besten Preise erzielen könne. Allerdings schielte sie, aber sie sagte sich, daß ein verständiger Mann solche Kleinigkeiten nicht beachte. Zudem, lieber schielen als einen Kropf haben, wie Emerentia, oder schlechte Zähne, wie Rosalie.

Papa Saltenberger hatte böse Tage; während er auf dem Bureau weilte, sammelte sich daheim eine unglaubliche Menge Sprengstoff an, welcher regelmäßig beim Mittagstisch explodierte.

So ging das nicht. Die Eltern beschlossen, die drei Herren als Ganzes zu bescheren und die Wahl den Kindern zu überlassen.

Auf diese Weise hatten wenigstens sie Ruhe gefunden, wenngleich der Krieg unter den Schwestern fortdauerte. Emerentia stickte in heimlicher Abgeschlossenheit an einem Paar Pantoffeln, und bei jedem Stich wurde sie fester entschlossen, dieselben nur dem zweiten Staatsanwalt Mollwinkler zum Zeichen ihrer Liebe an die Füße zu stecken.

Rosalie häkelte einen Tabakbeutel, Maria strickte wollene Handschuhe.

Und jede wußte, wem sie die Gabe weihen würde. Alle drei zogen die Mutter ins Vertrauen, und da Frau Saltenberger einen gutmütigen Charakter hatte, sagte sie zu jeder verstohlen: „Kindchen, Kindchen, ich seh' dich noch als Frau Staatsanwalt."

Und jede war glücklich darüber. Erstens überhaupt, und dann, weil die zwei anderen Maulaffen vor Neid bersten würden.

So kam allmählich das heilige Weihnachtsfest heran mit seinem unvergeßlichen Zauber für die Familie, jener Tag, an welchem die Junggesellen so ganz besonders Sehnsucht empfinden nach einem schöneren Lose, nach einer liebenden Gattin und nach Kindern, welche mit ihren Spielzeugen um den Christbaum tanzen.

Oh, welche Gefühle warteten in dem Hause des Oberstaatsanwalts Andreas Saltenberger!

Das war ein Raunen und Flüstern, ein geheimnisvolles Weben, ein Hin und Her, von einem Zimmer in das andere, bis endlich um sieben Uhr Vater, Mutter und die drei Töchter sich im Salon versammelten, festlich geschmückt und sehr erwartungsvoll.

Jede der Schwestern erregte durch ihr reizendes Aussehen die Freude der Eltern und das verächtliche Mitleid der beiden anderen.

Es läutete. Das Dienstmädchen eilte zur Türe, im Salon hielten fünf Menschen den Atem an. Wer kam? Eine tiefe Stimme, unverständlich, dann schlurfte das Mädchen zurück und übergab dem hastig öffnenden Papa einen Brief. Aufreißen und lesen. Sekretär Schneidler sagt mit bestem Dank ab, da er heimreise. Die drei Schwestern atmeten auf. Auf diesen Menschen hatte keine reflektiert.

Es läutete wieder. Das Dienstmädchen überbrachte einen zweiten Brief.

Die Absage des Herrn Staatsanwalts Mollwinkler wegen Unwohlseins.

Drei Lebenshoffnungen waren vernichtet; der Vater blickte die Mutter an, die Schwestern bissen sich auf die Lippen, und ihr Schmerz wäre unerträglich gewesen, wenn sich nicht ein klein wenig Freude an der Enttäuschung der anderen dareingemengt hätte.

Was tun? Papa Saltenberger raffte sich auf und sagte mit erzwungener Höflichkeit: „Wozu auch fremde Menschen? Nun wollen wir das Fest so recht unter uns begehen!"

Da läutete es wieder. Und diesmal kam der königliche Postadjunkt Geiger, welcher noch niemals abgesagt hatte.

Er hatte es nicht zu bereuen. Er war der verhätschelte Liebling der Familie; er bekam ein Paar Pantoffeln, einen Tabakbeutel und wollene Handschuhe, viele Süßigkeiten, Äpfel und Nüsse.

Er trank einen sehr guten Wein und einen famosen Punsch, er aß Rheinsalm, Rehbraten und Pudding und bewunderte die Freigebigkeit der Familie, welche für ihn allein so reichlich auftragen ließ.

Er sagte allen Damen Liebenswürdigkeiten und ließ sich von jeder in der gehobenen Stimmung auf die Füße treten.

Und als er ziemlich betrunken den Heimweg antrat, sagte er sich, daß das Familienleben doch sein Gutes, besonders hinsichtlich der leiblichen Genüsse habe.

Und er verlobte sich am Sylvesterabend mit der wohlhabenden Witwe Reisenauer, welche ein gutgehendes Geschäft am Marktplatz hatte.

Erwin Einzinger

Kauft euch blöd

Als der Schnee kam, waren die Preisschilder in den Geschäften bereits aus Karton ausgeschnittene sternförmige kleine Weihnachtsgrüße, unermüdlich strahlten die Kinderstimmen der Sängerknaben, und es gab weiterhin und erneut: Sonderangebote, Sonderangebote.

Auch sonst wurde auf nichts vom üblichen vergessen, man hatte für alles ein wenig Zeit, und ganz zum Schluß erst dachte man daran, eine längst vergessene Angst noch abzufertigen, die unauffällig herumstand und sich wohlzufühlen schien wie in einem neuen Ledermantel, der auch gut zu der westafrikanischen Frisur gepasst hätte, wie sie die kleine Frau an der Kasse trug, die jetzt ein Pixi-Buch auf das schwarze Laufband zurücklegte, nachdem sie den Verkaufspreis eingetippt hatte.

Werner Schneyder

Kleinigkeiten schenken

Wenn es auf den Weihnachtsabend zugeht, wird man aufgefordert, über Aussuchstreß und Schenkwahnsinn zu referieren. Daß die Einladenden sich eher Spott als seriöse Betrachtung erwarten, ist zu verstehen. In den letzten Jahren habe ich es kategorisch abgelehnt, dem Weihnachtsfest noch irgendeine Anti-Konsum-Zeile abzuquetschen, da dieses kritische Ritual mittlerweile fester publizistischer Bestandteil des Advents geworden ist.

An dieser Stelle schreibe ich aber – unaufgefordert – wieder einmal über das Schenken, weil der Gegenstand des Spottes ich bin, leider. Es ist nämlich so: Meine Frau und ich haben einander über die Jahre immer und immer wieder fest versprochen, nichts, also so gut wie nichts, aber keinesfalls was „Großes“ zu schenken. Beide haben wir bei unseren treuherzigen Gesprächen zu diesem Thema gewußt, wir lügen. Lügen, die sich allzu oft ohne größere Variationen wiederholen, verlieren ihren Unterhaltungswert. Wir standen daher eines Tages vor der Frage, die Beteuerungen, so gut wie nichts zu schenken, seinzulassen, oder – schon aus Gründen der Originalität – es einmal ehrlich zu meinen. Eine Investition an der Obergrenze lieferte dazu noch den guten Grund. Also faßten wir zwei heilige Entschlüsse. Erstens, nur eine „Kleinigkeit“ zu schenken, zweitens, nicht zu lügen.

Wie sich dieser Entschluß in den letzten Wochen auf meine Frau ausgewirkt hat, weiß ich nicht, für mich war er furchtbar. Denn, ich gestehe es offen, ich habe anscheinend verlernt zu wissen, was eine Kleinigkeit ist, wann sie nicht unsinnig ist, warum sie, obwohl so klein, Freude auslösen könnte. Denn die „Kleinigkeit", die gemeint ist, wenn man in Zusammenhang mit Weihnachten von ihr spricht, definiert sich ja nicht über die Größe (sonst wären ja Brillanten Kleinigkeiten), sondern über den Preis. Jetzt stellt sich aber beim krampfhaften Nachdenken, beim Auslagenbummel, bei der Freundinnen-Befragung heraus, daß alles Kleine in Größer und Schöner schon da ist, die Ergänzung des Besitzstandes durch eine sinnlos herumkugelnde, stehende, liegende, hängende Kleinigkeit dümmer ist, als wegen des Ankaufs einer mit ungedeckten Schecks bezahlten Yacht ins Gefängnis zu gehen.

Nun höre ich romantische Menschen schreien: Warum basteln Sie nichts, Sie Snob? Oder malen ein Bild?

Ich sage Ihnen, warum nicht: Praktizierte Ungeschicklichkeit hat zwar immer etwas Rührendes und kommt gut an, aber diese Eigenleistungen wären doch nur billige Flucht vor dem Faktum, nicht in der Lage zu sein, eine käuflich zu erwerbende geschenkwürdige „Kleinigkeit" zu finden, zu erkennen.

Wie ich heuer aus diesem Schlamassel herauskommen werde, weiß ich noch nicht. Ich weiß nur, ich werde im nächsten Jahr meine Frau auffordern, mir was Anständiges zu schenken, damit ich – mit meinem Prachtgeschenk – nicht wie ein Trottel dastehe.

O. Henry

Das Geschenk der Weisen

Ein Dollar und siebenundachtzig Cent. Das war alles. Und sechzig Cent davon bestanden aus Pennystücken. Pennies, die man zu jeweils ein oder zwei Stück dem Krämer, Gemüsehändler oder Metzger abgehandelt hatte, bis man mit schamroten Wangen den unausgesprochenen Vorwurf der Knauserigkeit spürte, den solches Feilschen mit sich brachte. Dreimal zählte Della das Geld nach. Ein Dollar und siebenundachtzig Cent. Und morgen war Weihnachten.

Da blieb allerdings nichts anderes übrig, als sich auf die schäbige kleine Couch zu werfen und zu heulen. Das tat Della denn auch. Was zu der philosophischen Betrachtung anreizt, daß das Leben aus Schluchzen, Seufzen und Lächeln besteht, wobei das Seufzen überwiegt.

Während die Verzweiflung der Hausfrau allmählich in das zweite Stadium abklingt, wollen wir uns das Heim betrachten. Eine möblierte Wohnung für acht Dollar die Woche. Nicht daß sie in ihrer Armseligkeit jeder Beschreibung spottete, aber weit entfernt davon war sie sicher nicht.

An der Eingangstüre unten befanden sich ein Briefkasten, in den niemals Briefe geworfen wurden, und ein elektrischer Klingelknopf, dem kein Sterblicher je einen Laut entlocken konnte. Dazu gehörte noch eine Karte mit dem Namen „Mr. James Dillingham Young."

Das ausgeschriebene „Dillingham“ hatte während einer früheren Periode des Wohlstandes vornehm wirken sollen, als der Besitzer des Namens noch dreißig Dollar in der Woche bekam. Doch jetzt, da das Einkommen auf zwanzig Dollar zusammengeschrumpft war, schienen die Buchstaben des Namens „Dillingham“ so verschwommen, als gedächten sie ernsthaft, sich zu einem bescheidenen und anspruchslosen „D“ zusammenzuziehen. Jedesmal aber, wenn Mr. James Dillingham Young nach Hause kam und seine Wohnung betrat, wurde er von Frau James Dillingham Young, Ihnen schon ab Della bekannt, „Jim“ gerufen und stürmisch umarmt. So weit, so gut.

Della hörte auf zu weinen und machte sich mit der Puderquaste über ihre Wangen her. Sie stand am Fenster und sah bedrückt einer grauen Katze zu, die im grauen Hinterhof einem grauen Zaun entlangschlich. Morgen war Weihnachten, und sie hatte nur einen Dollar und siebenundachtzig Cent, um Jim ein Geschenk zu kaufen. Seit Monaten hatte sie jeden Penny gespart, und das war der Erfolg. Mit zwanzig Dollar in der Woche kommt man nicht weit. Die Ausgaben waren größer gewesen, als sie gerechnet hatte. Sie sind es ja immer. Nur ein Dollar siebenundachtzig, um ein Geschenk für Jim zu kaufen. Für ihren Jim. Manch glückliche Stunde hatte sie damit verbracht, sich etwas Hübsches für ihn auszudenken. Etwas Schönes, Seltenes, Gediegenes – etwas, das beinahe der Ehre würdig gewesen wäre, Jim zum Besitzer zu haben.

Zwischen den Fenstern des Zimmers befand sich ein Pfeilerspiegel. Vielleicht haben Sie schon einmal einen Pfeilerspiegel in einer Achtdollarwohnung gesehen. Nur eine sehr schlanke und bewegliche Person kann, wenn sie ihr Spiegelbild in einer raschen Folge von Längsstreifen zu betrachten versteht, einen einigermaßen zuverlässigen Eindruck ihres Aussehens bekommen. Da Della schlank war, verstand sie sich darauf. Plötzlich wandte sie sich vom Fenster ab und stellte sich vor den Spiegel. Ihre Augen glänzten hell, aber ihr Gesicht hatte innerhalb von zwanzig Sekunden jede Farbe verloren. Schnell löste sie ihr Haar und ließ es in seiner ganzen Länge herabfallen.

Nun gab es zwei Dinge im Besitz der Familie James Dillingham Young, auf die beide mächtig stolz waren. Eines davon war Jims goldene Uhr, die schon seinem Vater und Großvater gehört hatte. Das andere war Dellas Haar. Hätte in der Wohnung jenseits des Lichtschachtes die Königin von Saba gewohnt, Della hätte ihr Haar eines Tages zum Trocknen aus dem Fenster gehängt, nur um die Juwelen und Geschenke Ihrer Majestät in den Schatten zu stellen. Und wäre König Salomon mit all seinen im Kellergeschoß aufgestapelten Schätzen der Pförtner des Hauses gewesen, Jim hätte jedesmal im Vorbeigehen seine Uhr gezückt, nur um ihn vor Neid seinen Bart raufen zu sehen.

Da fiel also Dellas schönes Haar wie ein brauner Wasserfall glänzend und sich kräuselnd an ihr herab. Es reichte ihr bis unter die Knie und umhüllte sie fast wie ein Kleid. Mit nervöser Hast steckte sie es wieder auf. Einen Augenblick noch zögerte sie, während eine oder zwei Tränen auf den abgetretenen roten Teppich fielen.

Dann schlüpfte sie in ihre alte braune Jacke und setzte ihren alten braunen Hut auf. Mit wehendem Rock und dem immer noch glänzenden Leuchten in den Augen huschte sie zur Tür hinaus, die Treppe hinunter, auf die Straße.

Sie blieb erst vor einem Schild stehen, auf dem zu lesen war: „Mme Sofronie. Haare aller Art" Della rannte eine Treppe hoch und sammelte sich, nach Luft ringend. Madame, massig, zu weiß gepudert, sehr kühl, sah kaum so aus, als könne sie Sofronie heißen.

„Wollen Sie mein Haar kaufen?" fragte Della.

„Ich kaufe Haar", sagte Madame. „Nehmen Sie Ihren Hut ab und zeigen Sie, wie es aussieht." Herunter rieselte der braune Wasserfall.

„Zwanzig Dollar", sagte Madame und wog die Haarflut mit geübter Hand.

„Schnell, geben Sie mir das Geld", sagte Della.

Oh, und die nächsten zwei Stunden tänzelten vorbei auf rosigen Schwingen. (Entschuldigen Sie die verhunzte Metapher!) Sie durchstöberte die Läden nach einem Geschenk für Jim.

Endlich fand sie es. Sicher war es für Jim und keinen anderen gemacht. Nichts kam ihm gleich in all den anderen Läden, die sie durchwühlt hatte. Es war eine Uhrkette aus Platin, schlicht und edel in der Ausführung; ihr Wert war nur am Material und nicht an protzigem Zierat zu erkennen – was ja bei allen echten Dingen der Fall sein sollte. Diese Kette war es sogar wert, die Uhr aller Uhren zu tragen. Sobald Della sie sah, wußte sie, daß sie Jim gehören mußte. Sie war wie er. Vornehmheit und Wert – diese Bezeichnungen trafen auf beide zu.

Einundzwanzig Dollar nahm man ihr dafür ab, und mit den siebenundachtzig Cent eilte sie nach Hause. Mit dieser Kette an seiner Uhr konnte Jim in jeder Gesellschaft, so eifrig er wollte, nach der Zeit sehen. Denn so prächtig die Uhr auch war, er schaute oft nur verstohlen darauf, weil sie, statt an einer Kette, an einem alten Lederriemen hing. Als Della zu Hause ankam, wich ihr Freudenrausch ein wenig der Besinnung und Vernunft. Sie holte ihre Brennschere hervor, zündete das Gas an und machte sich daran, die Verwüstungen wiedergutzumachen, die Freude am Schenken und Liebe angerichtet hatten. Und das, liebe Freunde, ist immer eine ungeheure Aufgabe – eine Mammutaufgabe.

Nach vierzig Minuten war ihr Kopf mit winzigen, eng anliegenden Löckchen bedeckt, die ihr ganz das Aussehen eines die Schule schwänzenden Lausbuben gaben. Sie besah sich lange, sorgfältig und kritisch im Spiegel. „Wenn Jim mich nicht umbringt“, sagte sie zu sich selbst, „bevor er mich eines zweiten Blickes würdigt, so wird er sagen, ich sehe aus wie ein Tanzgirl von Coney Island. Aber was konnte ich tun – oh, was konnte ich tun mit einem Dollar und siebenundachtzig Cent?“

Um sieben Uhr war der Kaffee fertig, und die heiße Bratpfanne stand hinten auf dem Ofen, bereit, die Kotelettes aufzunehmen.

Jim kam nie zu spät. Della nahm die Uhrkette zusammengelegt in die Hand und setzte sich auf die Tischecke bei der Tür, durch die er immer hereinkam. Bald vernahm sie seinen Schritt weit unten auf den ersten Stufen, und für einen Augenblick wurde sie ganz weiß. Sie hatte die Gewohnheit, im stillen kleine Gebete für die einfachsten Alltagsdinge zu sprechen, und so flüsterte sie auch jetzt: „Lieber Gott, mach, daß er mich immer noch hübsch findet!"

Die Tür ging auf, Jim trat ein. Er sah schmal und ernst aus. Armer Kerl, erst Zweiundzwanzig und schon mit einer Familie beladen! Er brauchte einen neuen Mantel und hatte keine Handschuhe.

Jim blieb an der Türe stehen, bewegungslos wie ein Setter, der eine Wachtel wittert. Seine Augen waren auf Della gerichtet und hatten einen Ausdruck, den sie nicht deuten konnte und der sie erschreckte. Es war weder Zorn noch Überraschung, weder Mißbilligung noch Entsetzen, überhaupt keines der Gefühle, auf die sie gefaßt war. Er starrte sie ganz einfach an, mit jenem sonderbaren Ausdruck auf seinem Gesicht.

Della rutschte vom Tisch herunter und ging auf ihn zu. „Jim, Liebster", rief sie, „schau mich nicht so an. Ich ließ mein Haar abschneiden und verkaufte es, weil ich Weihnachten einfach nicht überstanden hätte, ohne dir etwas zu schenken. Es wird wieder nachwachsen – du bist nicht böse, nicht wahr? Ich mußte es einfach tun. Und meine Haare wachsen ja unheimlich schnell. Sag ‚fröhliche Weihnachten', Jim, und laß uns glücklich sein. Du weißt ja gar nicht, was für ein schönes – ja, wunderschönes Geschenk ich für dich habe."

„Dein Haar hast du dir abgeschnitten?" fragte Jim mühsam, als hätte er trotz der härtesten geistigen Anstrengung diese offensichtliche Tatsache noch nicht erfaßt.

„Abgeschnitten und verkauft", sagte Della. „Magst du mich nicht trotzdem genauso gern? Ich bin doch auch ohne das Haar immer noch dieselbe, nicht wahr?" Jim schaute sich forschend im Zimmer um.

„Du sagst, dein Haar ist fort?" sagte er mit fast idiotischem Ausdruck.

„Du brauchst nicht danach zu suchen", sagte Della. „Verkauft ist es, sag ich dir, verkauft und fort. Es ist Heiliger Abend, mein Junge. Sei lieb zu mir, ich habe es ja für dich getan. Es mag ja sein, daß die Haare auf meinem Kopf gezählt waren", fuhr sie fort mit plötzlich ernsthafter Zärtlichkeit, „aber niemand könnte jemals meine Liebe zu dir zählen. Soll ich jetzt die Kotelettes aufsetzen, Jim?"

Nun schien Jim schnell aus seinem Trancezustand zu erwachen. Er schloß Della in die Arme. Wir wollen daher zehn Sekunden lang mit diskreter Genauigkeit einen belanglosen Gegenstand in entgegengesetzter Richtung betrachten. Acht Dollar in der Woche oder eine Million im Jahr – was ist der Unterschied? Ein Mathematiker oder ein geistreicher Kopf würde uns eine falsche Antwort geben. Die drei Weisen aus dem Morgenlande brachten kostbare Geschenke, aber jenes schönste Geschenk war nicht darunter. Diese dunkle Andeutung wird sich später aufklären.

Jim zog ein Päckchen aus seiner Manteltasche und warf es auf den Tisch. „Täusche dich nicht in mir, Dell“, sagte er. „Ich glaube, kein Haarschneiden, Scheren oder Waschen könnte mich dazu bringen, mein Mädchen weniger zu lieben. Aber wenn du dieses Päckchen aufmachst, wirst du sehen, warum ich zuerst eine Weile außer Fassung war.“

Weiße Finger zogen behende an Schnur und Papier. Ein entzückter Freudenschrei; und dann – o weh – ein schneller echt weiblicher Umschwung zu jähen Tränen und Klagen, welche den Herrn des Hauses vor die augenblickliche Notwendigkeit stellten, mit ganzer Kraft Trost zu spenden.

Denn da lagen sie, die Kämme – die ganze Garnitur von Kämmen, seitlich und hinten einzustecken, die Della so lange schon in einem Schaufenster am Broadway bewundert hatte. Herrliche Kämme, aus echtem Schildpatt, mit juwelenverzierten Rändern – genau von der Farbe, die zu dem verschwundenen Haar gepaßt hätte. Es waren teure Kämme, das wußte sie, und ihr Herz hatte sie voller Sehnsucht begehrt, ohne im entferntesten zu hoffen, sie je zu besitzen. Und jetzt gehörten sie ihr, aber die Flechten, die diese heißersehnten Schmuckstücke hätten zieren sollen, waren fort.

Doch sie drückte sie ans Herz, und endlich konnte sie aus verweinten Augen aufblicken und lächelnd sagen: „Meine Haare wachsen ja so rasch, Jim.“

Und dann sprang Della wie eine kleine, angesengte Katze in die Höhe und rief: „Oh, oh!"

Jim halte ja sein schönes Geschenk noch gar nicht gesehen. Sie hielt es ihm eifrig auf offener Hand entgegen. Das mattglänzende, kostbare Metall schien auf einmal aufzuleuchten und ihre innige Freude widerzuspiegeln.

„Ist sie nicht ein Prachtstück, Jim? Ich habe die ganze Stadt abgejagt, bis ich sie gefunden habe. Du mußt jetzt hundertmal am Tag nach der Zeit sehen. Gib mir deine Uhr. Ich möchte sehen, wie sie sich daran ausnimmt."

Anstatt Folge zu leisten, ließ sich Jim auf die Couch fallen, faltete die Hände hinter dem Kopf und lächelte.

„Dell", sagte er, „wir wollen unsere Weihnachtsgeschenke wegpacken und eine Weile aufheben. Sie sind zu schön, als daß wir sie jetzt gleich benutzen könnten. Ich habe die Uhr verkauft, um das Geld für deine Kämme zu bekommen. Und jetzt, glaube ich, wäre es Zeit, die Kotelettes aufs Feuer zu stellen."

Die Heiligen Drei Könige waren, wie Sie wissen werden, weise Männer – wunderbar weise Männer –, die dem Kindlein in der Krippe Geschenke brachten. Sie erfanden die Kunst des weihnachtlichen Schenkens.

In ihrer Weisheit wählten sie sicher Geschenke, die für den Fall, schon auf dem Gabentisch vertreten zu sein, umgetauscht werden konnten. Und da habe ich Ihnen nun mit unbeholfener Feder die recht ereignislose Geschichte von zwei närrischen Kindern in einer Wohnung erzählt, die einander, gar nicht sehr weise, ihre größten Schätze geopfert haben. Aber in meinem Schlußwort an die Weisen unserer Tage möchte ich sagen, daß von allen, die schenken, diese beiden am weisesten waren. Von allen, die schenken und beschenkt werden, sind ihresgleichen am weisesten. Das gilt für immer und überall. Sie sind die Könige.

Carl Merz / Helmut Qualtinger

Travniceks Weihnachtseinkäufe

Vor einem Weihnachtsbaum sitzen Travnicek und sein Freund mit vielen Paketen und ruhen sich aus.

FREUND Was, Travnicek, denken Sie, wenn Sie Weihnachtseinkäufe machen?
TRAVNICEK Ich denk', was das kostet. Wann i die Sachen im Frühjahrsverkauf besorgt hätt', wär's dasselbe g'wesen, aber um die Hälfte billiger.
FREUND Im Frühjahr können Sie doch nicht wissen, was Ihre Leute sich zu Weihnachten wünschen.
TRAVNICEK Das waaß i jetzt auch net.
FREUND Für wen haben Sie denn eingekauft, Travnicek?
TRAVNICEK Was is' des für a Frag'? I geh' in ein G'schäft eini, schnapp', was i kriegen kann, und schau', daß i mit'n Wagen weiterkumm', bevor s' mi aufschreiben.
FREUND Na und?
TRAVNICEK Zu Haus pack i's aus und denk' nach, wem i's anhängen kann.
FREUND Man schenkt doch, um den Leuten eine Freude zu machen. Macht es Ihnen keine Freude, wenn Sie was geschenkt kriegen?
TRAVNICEK Schau'n S': Voriges Jahr zu Weihnachten schenk' i mein' Onkel a Krawatten, die mir g'fallt. Er schenkt mir a Krawatten, die ihm g'fallt. – Also, was soll i mit der Krawatten? Wann i Glück hab', kann i mi dran aufhängen.

FREUND Sie haben keine Poesie, Travnicek. Denken Sie an Ihre Kindheit. Was pflegten Sie da zu Weihnachten zu kriegen?
TRAVNICEK Watschen.
FREUND Warum?
TRAVNICEK Ich pflegte den Baum anzuzünden.
FREUND Absichtlich?
TRAVNICEK Naa. Es hat sich so ergeben.
FREUND Glücklicherweise gibt es noch Leut', die sich ihr kindliches Gemüt bewahrt haben und ans Christkindl glauben.
TRAVNICEK Ja, die Geschäftsleut'.
FREUND Nicht nur die. Ich, zum Beispiel, zieh' mir zu Weihnachten einen Pelz und einen Bart an …
TRAVNICEK Da werden S' guat ausschauen.
FREUND … und bring' den Kindern Geschenke. Gehen Sie auch als Weihnachtsmann, Travnicek?
TRAVNICEK Ja. Zu meiner Schwester.
FREUND Haben Sie da auch einen Bart und einen Pelz?
TRAVNICEK Naa.
FREUND Warum nicht?
TRAVNICEK Wann i 'kommen bin, haben die Kinder immer g'sagt: Der Onkel Travnicek. Hab' i mir denkt: Gehst amal in Zivil, ohne Bart.
FREUND Aber das ist doch keine Überraschung!
TRAVNICEK Wieso? Die Kinder waren sehr überrascht … Sie haben nicht mehr gesagt, der Onkel Travnicek kommt als Weihnachtsmann. Sie haben gesagt: Der Weihnachtsmann kommt als Onkel Travnicek.

FREUND Kinder haben eben Phantasie. Ich les' auch noch Märchen. Haben Sie jemals Märchen gelesen, Travnicek?

TRAVNICEK Natürlich. Natürlich. Der Ratenschwindler von Hameln, Die Prinzessin auf der Erbsensuppe und das Schneewittchen und die fünf Zwerge.

FREUND Wieso fünf? Es sein doch sieben.

TRAVNICEK Ah ja – zwei hab' i vergessen.

FREUND Na, und Aschenbrödel ...

TRAVNICEK Lass'n S' mi aus mit der Dienstbotenfrage.

FREUND Dornröschen ...

TRAVNICEK Dornröschen? Mich hat neulich einer aufg'weckt.

FREUND Mit an Kuß?

TRAVNICEK Nein, mit an Moped. Was glauben S', was i dem erzählt hab'...

FREUND ... Hänsel und Gretel ...

TRAVNICEK Das mit dem Lebkuchenhaus is' ganz unpädagogisch. Die Kinder verderben sich den Magen, kriegen a Gastritis, wer'n bösartig ... Nachher schmeißen s' die Alte ins Feuer ... Halbstarkenproblem.

FREUND Streiten wir nicht, Travnicek! Für mich ist zu Weihnachten die ganze Stadt ein Märchen. Überall auf den Geschäftsstraßen blitzt es und flimmert es. Kranzerln, Girlanden und Sternderln. Wann S' das so funkeln und leuchten sehen, was wünschen Sie sich, Travnicek?

TRAVNICEK An Kurzschluß.

FREUND Mich freut's ... und die Tannen ... das frische Grün aus den verschneiten Wäldern ... wann S' die so am Markt stehen sehen, an was denken S' da?

TRAVNICEK An ein Märchen.

FREUND Na, seh'n S', Travnicek! An welches Märchen?

TRAVNICEK Vom Bäumchen, das andere Blätter hat gewollt.

FREUND Der schönste Brauch ist für mich aber eine Spezialität, die nur Österreich hat.

TRAVNICEK Was hat nur Österreich?

FREUND Die Stempel.

TRAVNICEK Was für Stempel?

FREUND Na, die Poststempel auf den Briefen: Christkindl. Das ist für mich der sinnigste Brauch in der Weihnachtszeit.

TRAVNICEK Des is ka sinniger Brauch. Des ist a Zufall.

FREUND Was ist a Zufall?

TRAVNICEK Daß der Ort so haaßt. Wann i Christkindel heißen möchte', könnt' ich auch zu Weihnachten Briefe abstempeln.

FREUND Sie können auf jeden Fall zu Weihnachten Briefe abstempeln.

TRAVNICEK Was hab' i davon, wenn i zu Weihnachten Briefe abstempel, nachher steht Travnicek drauf? Glauben S', da kommt jemand in Weihnachtsstimmung? *Zählt seine Pakete ab und grübelt.*

FREUND Was grübeln Sie, Travnicek?

TRAVNICEK I denk' nach, ob i mehr Pakete oder mehr Verwandte hab'. *Nach kurzem Murmeln:* Der Tant' schenk' i nix.

FREUND Warum nicht, Travnicek?

TRAVNICEK Die braucht nix. Sie hat neulich Zeitung gelesen und hat gesagt, ihr schönstes Weihnachtsgeschenk

is', wenn der Otto von Habsburg nach Österreich zurückkommt. Den leg' ich ihr untern Christbaum.
FREUND Den Otto?
TRAVNICEK A Bild von ihm. Unter Glas.
FREUND Woher haben Sie ein Bild von ihm?
TRAVNICEK Aus der Zeitung.
FREUND Als Kaiser?
TRAVNICEK Nein, als Doktor.
FREUND Da wird Ihre Tant' eine Freud' haben …!
TRAVNICEK Des glaub' i. Die siecht eh nix mehr.
FREUND Mich freut's auch. Einen Österreicher, der wieder zurückfindet in seine Heimat. Dies Bild ist eine Herzensgabe …
TRAVNICEK Wieso?
FREUND Sie schenken es doch von ganzem Herzen. Oder haben S' was gegen 'n Otto?
TRAVNICEK Warum? Wann i wem a Freud' machen kann, schenk' i ihn gern her.

Christine Nöstlinger

Weihnachtsgaben im Rückblick

Na, wie war es denn heuer mit den Geschenken, verehrte Leserin? Haben Ihre mehr oder weniger Lieben Ihre geheimen Wünsche getroffen? Oder hat man Sie durch oberflächliche Geschenkswahl tief getroffen?

Hat Ihnen Ihr Mann das Buch geschenkt, das er schon längst hatte lesen wollen? Oder hat er der Werbestimme vertraut, die wochenlang verkündet hat, dass ein Bügeleisen ein sehr „persönliches Geschenk“ sein kann?

Und sind Sie sich schon klar, ob Sie es wagen dürfen, von Ihrer Schwiegermutter die Rechnung für den schweinsrosa Morgenmantel zu fordern, damit Sie ihn umtauschen können?

Und wie werden Sie es mit dem Maiglöckerlwasser halten, das eine ruchlose Verkäuferin Ihrem achtjährigen Sohn ins seidige Sternenpapier gewickelt hat?

Und wie verkraften Sie es, dass sich Ihre Tochter im Pullover, den Ihnen Ihr Mann geschenkt hat, pudelwohl fühlt? Wunder ist es ja keines. Der Pullover passt schließlich ausgezeichnet zur karierten Hose Ihrer Tochter. Was die Tochter, dem Papa beim Einkauf behilflich, sicher bedacht hat. Und wie, verehrte Leserin, haben Sie denn geschenkt? Ist Ihr Gewissen rein? Oder kommt Ihnen Ihr Ehemann in der himmelblauen Hausjacke nicht doch etwas verloren vor? Fragen Sie sich, ob die Oma mit Absicht oder aus Altersvergesslichkeit das „Super-Tiefkühlkost-Sägemesser“ unbedingt unter dem Christbaum liegen ließ? Und wie steht's um die froschgrüne Tasche, von der ein Verkäufer sagte, sie sei der Traum aller jungen Mädchen? Wieso hat Ihre Tochter dann gestern die alte Handtasche genommen, als sie außer Haus eilte?

Oder stricken Sie etwa noch am Halsausschnitt vom Pulli, den Sie Ihrem Mann schenken wollten? Wenn dem so sein sollte, nehmen Sie es nicht tragisch. Jetzt, ohne Überraschungszwang, können Sie wenigstens ordentlich Maß nehmen.

In den vergangenen Jahren – Hand aufs Weihnachtsherz – war es doch ohnehin immer peinlich, wenn der arme Kerl freudig und im Scheine der Flakkerkerzen das gute Stück anlegen wollte und den Kopf bloß bis zu den Ohren durchs Halsloch bohren konnte und Sie dann murmeln mußten: „Das trenn ich wieder auf!" Eben! Eine gewisse Zögerlichkeit bei der Geschenkeproduktion hat ihre Vorteile.

Das Fest -
über Geschmack
läßt sich nicht streiten

Jakob Haringer

Besuch im Stall

O Josef, nimm die Stall-Latern
Und leucht den Hirten heim!
Mein kleiner Jesu schlief wohl gern
Vor seiner argen Pein.
Die Herren haben Hunger jetzt
Nach Bier und Leberwurst,
Wir haben leider nichts zu Haus
Für ihren großen Durst.
Drum, Josef, nimm die Stall-Latern,
Das Wirtshaus ist nicht weit,
Und trink auf unsern kleinen Herrn,
Ich wart schon noch die Zeit.
Und sing das kleine Jesulein
Zur Ruh, zur süßen Ruh.
Man kann nicht immer glücklich sein,
Mein kleiner Engel du!

Peter Henisch

Das Licht

Der kleine Jesus liegt in der Krippe und weiß von nichts. Das heißt: eigentlich weiß er alles, aber bei seiner Geburt hat ihn (nach guter alter jüdischer Sitte) ein Engel auf den Mund geschlagen, und er hat alles vergessen. Was im Anfang war und was am Ende sein wird – die ganze Weltgeschicht. Nun liegt er da, wie ein Neugeborenes daliegt, und heiß vorläufig Jeschua.

Sicher, die Umstände sind etwas ungewöhnlich, nicht jedes Neugeborene liegt (wie man später in Weihnachtsliedern singen wird:) auf Heu & auf Stroh. Aber man muss nicht meinen, dass er da schlecht liegt, die Witterungsverhältnisse sind übrigens auch anders, als wir uns das vorstellen werden – Schnee ist recht unwahrscheinlich im Lande Juda. Mehr nolens als volens sind seine Eltern aufgebrochen, um sich in ihrer Heimatgemeinde registrieren zu lassen (Volkszählungen waren schon damals sehr unbeliebt). Und das haben wir jetzt davon, hat Josef zu Miriam gesagt, als ihre Wehen zu früh angefangen haben, wären wir doch in Nazareth geblieben!

Die Umgebung ist allerdings so übel nicht, Stall ist nicht gleich Stall, Schweine werden in Israel nicht gezüchtet und die Hirten sind freundliche Leute. Man hat Schafskäs und Brot gebracht, noch nicht dem Jesuskind natürlich, aber seinen Eltern, vielleicht gibt es sogar einen Schluck Wein. Oder nein: nehmen wir lieber Ziegenmilch, die ist gut für stillende Mütter. MEIN Sohn, sagt Josef, und kommt nicht auf den Gedanken, daran zu zweifeln, ben Josef, der Sohn Josefs.

So wäre, bis auf die politischen Verhältnisse (immerhin steht die Besatzungsmacht im Land, aber das mag man in so einem privaten Augenblick vergessen), alles schlicht idyllisch bei der Geburt des kleinen J. Erst recht, wenn man unter dem Dach des Stalls Ochs & Esel und darüber einen ungeheuren Sternenhimmel hinzudenkt. Aber das ist es eben, dieser Sternenhimmel – ein Sternenhimmel, wie wir ihn heute unter unserer Dreckglocke, kaum mehr sehen können –, der Himmel ist schuld. Vielleicht ist das Dach des Unterschlupfs schadhaft, und gerade das gibt dem einen oder anderen Lichtstrahl die Möglichkeit, einzufallen – aber dieser Einfall ist sicher kein Zufall.

Wir wollen der Überlieferung folgen und annehmen, dass es ein Hirt zuerst gesehen hat. Das waren ja übrigens keine Hüterbuben damals, sondern Halbnomaden, vertraut mit den Zeichen und Wundern der Natur, immer in Erwartung des Unerwarteten. Oder auch in Erwartung des voll heiliger Ungeduld Erwarteten: da wird einer kommen, der wird uns (sein Volk) befreien. Und dann wird die Willkür der Herrschenden aufhören, dann werden die Erniedrigten und Beleidigten erhöht und entschädigt werden, dann wird kein ungerechter Unterschied mehr sein zwischen unten und oben. Seht doch nur, seht, könnte also dieser Hirt gesagt haben. Und: Was, könnte Josef gefragt haben, was gibt es denn da schon groß zu sehen? Das Licht, sagt der Hirt, das Licht auf der Stirn des Kleinen! Na und, könnte Josef gesagt haben, na schön, dann stellen wir halt das Kind ins Dunkel, damit es besser schläft.

Ja, jetzt darf er noch schlafen, dem später, gegen Ende seines Lebens, das Schlafen so schwerfallen wird, in einem Garten in der Nähe Jerusalems, aber hier ist Betlehem. An Miriams Brust schläft er ein, wie ein satter Säugling einschläft. Und der versponnene Hirt fällt zurück in ein nachdenkliches Schweigen und summt vielleicht einen Psalm in seinen Bart. Einen Psalm, den man später zu einem Schlaflied verniedlichen wird, doch nun, da das Kinn des Hirten nach und nach auf die Brust sinkt, klingt er wirklich so ähnlich. Und draußen ist Nacht, und auch die römischen Soldaten in den Garnisonen schlafen. Und selbst der Kaiser in Rom schläft, wenngleich etwas zeitverschoben, und hat noch keine Ahnung, was seinem Reich, das sehr eindeutig von dieser Welt ist, bevorsteht. Stille Nacht, heilige Nacht – aber das ist die Nacht vor dem Tag, die Ruhe vor dem Sturm. Denn später, in Nazareth, wird der kleine Jesus aufwachen und fragen …:

Mame, wie war das damals, als ich geboren wurde?

Du bist ein bisschen zu früh gekommen, wird sie sagen, und es hat Gott sei Dank nicht besonders weh getan.

Ja aber, wird der kleine Jesus sagen, das meine ich nicht, wie war das mit dem Licht?

Das Licht war auf deiner Stirn, wird Miriam sagen.

Ach was, wird Josef sagen, und einen Moment lang zu sägen aufhören, setz doch dem Buben keine Flausen in den Kopf!

Ich sage ja nur, was wahr ist, wird Miriam sagen.

Nicht wahr, wird der kleine Jesus weiterfragen, die drei weisen Männer haben es auch gesehn?

Weise Männer! wird Josef brummen. Sterngucker sind das gewesen! Verrückte!

Sag das nicht, wird Miriam sagen, sie haben ihn immerhin gesegnet.

Ich wollte, wird Josef lachen, ein bisschen bitter, sie hätten wirklich die Geschenke gebracht, von denen die Leute erzählen. Naja, auf Weihrauch und Myrrhe hätt ich für meinen Teil ganz gern verzichtet. Aber das Gold, das hätten wir brauchen können!

Nimm ihn nicht ernst, wird Miriam lächeln, er meint es nicht bös.

War da wirklich ein Stern? wird der kleine Jesus fragen.

Ja, wird Miriam sagen, ein Stern war da wirklich – die weisen Männer haben gesagt, das war ein Phänomen, aber von solchen Dingen weiß ich nichts. Ich kann dir nur sagen: es war der hellste Stern, den ich mein Lebtag gesehn hab.

Peter Hammerschlag

Die Weihnachtsdirne
(Im Rahmen eines perfekten Kitsch-Zyklus)

Wer mag zur Christnacht schellen?
's wird wohl 'ne Dirne sein.
Im Lichterglanz, im hellen –
Beim Himmel: du?! Tritt ein …

Ja, so muß Laster lohnen.
Seht, wie sie niedersinkt.
Den Mund voll goldner Kronen,
Die Augen blau umringt.

Am Hals die grelle Masche,
Geschminkt und tränenblind,
Und in der Aktentasche
Ein mürrisch Sündenkind.

Der Kranz? Verwelkt, zerrissen.
Das Herz? Verfault, verdorrt.
Schweig still. Nichts mag ich wissen.
Hier find'st du sichern Port.

Sollst nimmermehr dich wälzen
In Gossen und in Lust,
Und wenn die Kerzlein schmelzen,
Ruh aus an meiner Brust.

Horch, Weihnachtsglocken klingen!
Verzag nicht an der Welt!
Die Osterhäslein singen,
Das Hurenkindlein bellt ...

Jeremias Gotthelf

Merkwürdige Reden, gehört zu Krebsligen zwischen zwölf und ein Uhr in der Heiligen Nacht

Unter den Ziegen bin ich geboren und unter den Kühen aufgewachsen, Schmutzhausen ist meine Heimat, das Fürstentum Dünkellust mein Vaterland. Was man auf den Ofentritten erzählte, war mir alles bekannt, sonst aber meine Bildung nicht weit her. Aber einen großen Drang fühlte ich von jeher in mir: ich vergaß, was dahinten, und streckte mich nach dem, was davornen, und ward eine sehr bedeutende Person. Wie und welche, ein ander Mal. Ich arbeitete, daß man meinen Schweiß zwanzig Schritte weit in die Nase kriegte, und doch kam ich bei unserm Fürsten in Ungunst, andere wurden mir vorgezogen. Um diesem Unglanze zu entgehen und so oft als möglich in dem Glanze zu stehen, der mir gebührte, machte ich mich gerne abseits, suchte Aufträge, die mich aufs Land führten; dort konnte ich mich zeigen, als der ich war, und da warf niemand einen Schatten über mich, und wer für einen Tag verschickt wird und nicht zwei daraus zu machen weiß, der muß ein Lümmel sein. Am liebsten entfernte ich mich über die Festtage. Unser Fürst war noch altgläubig, ich aber über solche altväterischen Dinge hinaus. Man kann sich daher leicht vorstellen, wie peinlich es mir war, tun zu müssen, als sei ich ein Christ, mir, der ich über solche Dinge weit hinaus war. Daher suchte ich mich über diese Zeiten zu entfernen; auf dem Land sah mir niemand nach, und während die andern vor einem, den sie den Höchsten nennen, knieen, trage ich doch das schöne Bewußtsein in mir, daß ich weithin in der weiten Runde der Höchste sei.

So war ich im vorigen Jahre über die Weihnacht auch verreiset; ich wußte, daß zu Krebsligen Bezirksgericht sei. Ich fand mich dort ein wegen Dringendem, und meine Erscheinung erregte große Freude; sie traktierten mich wie üblich mit gutem Weine, ich sie dagegen mit leutseliger Freundlichkeit, und beidseitig waren wir glücklich und vergnügt dabei.

Meine Anwesenheit entband natürlich den Wirt von der gesetzlichen Ordnung, und es schlug gerade zwölf Uhr, als ich den letzten Bezirksrichter vor der Türe mit freundlichem Neigen verabschiedete und dem zündenden Wirte sagte, er solle nur hineingehen, ich werde gleich nachkommen. Es war eine herrliche Nacht, und die Natur leuchtete sehr hell und kühl, und mir war sehr warm. Romantisch bin ich nicht, aus andern Gründen ging ich etwas nebens Haus.

Dort hörte ich auf einmal gar seltsame Laute; es war, als ob Mäuse pfiffen und gixten, wie sie es tun, wenn man ihnen auf den Stiel trappet; aber die seltsamen Töne, welche hinter einer Ecke hervor aus einem Kellerloch zu kommen schienen, verstand ich. „Es ist unerträglich!" quixte eine dünne Stimme, „will der Gstabi nicht bald ins Nest? Am Tage verfolgen uns Menschen und Katzen, und die Nächte macht man uns immer kürzer. Es wird noch dahin kommen, daß wir verreblen müssen." –„Rufe doch eine die Polizei!" quixte eine andere. „Du Narr!" quixte eine dritte, „die hat man ja vorgestern wegen Mangel an Platz versteigert und hat verflümert daraus gelöst." – „Wer ist Narr gnug gewesen, um darauf zu bieten?" – „Die Bauren fraßen sich fast darum", antwortete ein Stimmchen. „Sie sagen, die Vögel achteten sich ihrer alten Bündengschücher nichts mehr, weil sie daran gewohnt seien, sie müssen neue haben auf die Äcker von wegen den Krähen und Tauben, und so wüßten sie keine bessern als die abgestandene Polizei. Aber packt auf! Er geht hinein!" Ich war nämlich erbittert worden und wollte den Wirt zur Rede stellen, wer so anzügliche Reden führe mit verstellter Stimme. „Und wenn er schon hineingeht, so geht er doch nicht ins Bett", quixte es. „Der trinkt noch mit dem Wirte ein Gläschen Cognac und frägt nach der Stimmung. Wenn wir etwas wollen, so müssen wir anderswohin, sonst graut der Morgen, ehe wir ein Brösmeli haben."

Dies hörte ich noch, als ich um die Ecke zur Türe schwenkte, vor welcher der Hund saß und ins Blaue boll. Aber wie versteinert stand ich, als ich in rauhem Basse die Frage hörte: „Warum billst du diese Nacht nicht?" Und durch die Lüfte antwortete eine Stimme: „Wir haben heute geküchelt, und ich habe keine Küchli bekommen; nun werde ich künftig nicht mehr so fleißig sein mit Wachen und Bellen." – „Bhüt dih Gott, leb wohl, Blaß!" flüsterte eine zärtliche Stimme, und eine große schwarze Katze strich dem Hund um die Beine, während eine kleinere mit aufgehobenem Schweife unter der Türe stand. „Wo zum Schinder willst du hin?" frug der Blaß. „Fort will ich. Seitdem kein Feierabend mehr ist, sind keine Mäuse mehr zu kriegen, und jetzt bleiben unsere Jungfrauen wieder da, und solange die da sind, ists für uns Katzen mit dem übrigen Mausen aus; die pfuschen uns schrecklich ins Handwerk. So will ich fort und an einem bessern Orte mein Brot suchen. Komm mit, Blaß!" Da sah Blaß mich in der Ecke stehen und boll mit fürchterlicher Stimme nach mir hin: „Wottsch furt, du Schelm!" Unwillkürlich fuhrs mir in die Beine, ich sprang der Scheune zu, die nicht weit vom Hause lag. Ein seltsames Tönen stellte meine Flucht. Dieses Tönen war feierlich, grauenhaft, kam vom Roßstalle her, und daraus wickelten sich folgende Worte hervor:

„Zwölfe hats vom Turm geklungen.
Brüder, Schwestern, auf, erwacht!
Seht, die Bande unsrer Zungen
Sind mit einem Riß zersprungen
Vor der unsichtbaren Macht,
Der die Engel einst gesungen
In der Christen Heilgen Nacht!
Auf, erwacht!"

Da fiel mir ein aus meiner Jugend her, daß die Tiere in der Heiligen Nacht eine Stunde sollten reden können. Ich hatte es längst nicht mehr geglaubt, nebst noch vielem andern nicht, und jetzt auf der obersten Stufe der Aufklärung sollte mir so etwas begegnen! Ich wollte mich überreden, es treibe jemand mit mir Schindluder, und es dünkte mich, wenn ich nur die Polizei bei mir hätte. Aber ich konnte nicht ab Platz, und es war mir selbst, als hätten wir sie in den letzten Tagen versteigert. Und kaum hatte ich das gedacht, so erscholl, Welten durchzitternd wie verhaltener Donner, aus gewaltigen Kehlen der Spruch:

„Ja, wir fühlens, luftdurchdrungen,
Daß das schwere Band der Zungen
Mit dem ersten Glockenklang
Gleich des Kornes Hülse sprang.
Ja, wir sind, wir sind erwacht;
Auf, benutzt der Stunde Macht!“

„Lebst du noch, du alter Kratten?“ frug aus dem verhallenden Chor eine mutwillige Stimme. „Als wir uns letztes Jahr in Hallau trafen, dachte ich nicht, daß du an deinem Kachelicharren die heutige Stunde erleben werdest.“ – „Ich auch nicht“, antwortete das angesprochene Roß. „Aber es ging mir im vergangenen Jahre gut. Jetzt bin ich ein Staatsroß und fordere Respekt.“ Da lachten alle, daß der Boden unter den Füßen mir wackelte. „Du ein Staatsroß?“ – „Ja. Ein Lohnkutscher sah mich und kaufte mich. Er bedient einen Herrn, der von Rossen nichts versteht, alle verderbt, aber vornehm fahren möchte wie ein vornehmer Herr. Der lag dem Kutscher schon lange an, er sollte doch einen Stumper kaufen, die langen Schwänze könne er nicht leiden, man werde immer gespritzt. Mein Herr wußte, wo der Has im Pfeffer lag, kaufte mich um dreizehn Gulden Reichsgeld und spannt mich nun dem vornehmen Herrn ein als Staatsroß. Er sagte ihm, ich sei ein vornehmer Engeländer, koste siebenundvierzig Louisdors, ein Lord habe mich in Baden verspielt. Nun hat mein Herr Respekt vor mir, fast wie vor einem vornehmen Herrn, macht mit mir Staat im Lande herum, füttert mich brav, hat immer Angst, er könnte mir übertun und siebenundvierzig Louisdors auf seinen Buckel fallen. So habe ichs gut in meinen alten Tagen, schlage alle Tage zweimal aus, dann sagt mein Herr: ‚La, la!‘, und wenn es gegen einen Ort, besonders ein Städtchen geht, so setze ich mich in kurzen Galopp, der meinen steifen Beinen am besten zusagt, dann sagt mein Herr: ‚Na, na!‘, und wenn er aussteigt, stellt er sich neben mich, um vom Wirt den schönen Stumper rühmen zu hören, und dann erzählt er von den siebenundvierzig Dublonen und dem Engländer, daß ich den Wirt nicht ansehen darf aus Furcht, er lache mir ins Gesicht.“

Ich wußte nicht, träumte oder wachte ich, als mein Roß mich so runtermachte, aber antworten konnte ich nicht. Hingegen hörte ich eine andere Stimme, und die sprach: „Ach, ich möchte doch auch so ein Staatsroß werden für einen vornehmen Herrn, das Musterlimitieren verleidet mir je länger je mehr. Ehedem suchte mein Herr hie und da ein Mädchen mehr, als er sollte, aber, was ich um so mehr zu ziehen hatte, das konnte ich um so langsamer fahren, und die Tagreisen wurden alle Tage kürzer. Jetzt aber fährt mein Herr wie ein Jude und führt neben seinen Musterkarten Päcker zentnerweise mit sich. Er führt einen Zentner Traktätlein mit sich und teilt sie mit gottseligen Reden an fromme Krämersweiber aus, einen Zentner Aargauer Großratsgeschwätz und regaliert damit naseweise Krämer, einen Zentner gut katholischer Schriften und bahnt sich damit Weg, wo man es nicht glauben sollte. Jetzt hat er noch einen Zentner Genferpapier, und auf Ostern hat er zwei Zentner Zürcherschriften bestellt, die noch nicht gedruckt sind, so daß ich mehr zu ziehen habe als ein Kacheler und des Lebens satt bin. Und wenn er sich mit den einen wegen Wieland, mit den andern wegen Frey-Herosé, mit den dritten wegen Scherr, mit den vierten wegen Leu und Papst verdampet hat, so soll ich mit Springen die Zeit einbringen. Wenn ich wüßt, wie machen, ich schmisse meinen Herrn in ein Loch, wo er nicht wieder rauskäme."

„Ach du meine Güte!" fing eine andere Stimme an, „verständige dich doch mit Wünschen! Gerade so wünschte ich vor einem Jahre, als ich noch bei meinem letzten Herrn war und der mir des Nachts keine Ruhe gönnte und herumsprengte wie ein Nachtgeist, weil er mit den Wirten am besten handeln könne, wenn es Feierabend sein sollte. Da stolperte ich expreß; auf einige Plätze ab kam es mir nicht an, wenn er den Hals gebrochen hätte. Er ist aber nicht dumm, er verkaufte mich einem andern Hause, das einem jungen Reisenden kein kostbares Roß anvertrauen wollte. Das Haus hat seinen Kredit verloren, es lieferte die Ware anders, als die Muster waren, drängte mit Wechseln, überschüttete seine Schuldner mit Waren, bis sie ruiniert waren, kurz, brauchte alle möglichen Kniffe. Als der Kredit abnahm, meinte es, der Reisende sei schuld, und stellte einen andern an, der meint, es sei noch nie so einer gewesen, wie er werden will. Der will nun Absatz zwingen, hält vor allen Krämerladen, bindet mich an den Zaun, denn ins Wirtshaus geht er so wenig als möglich, weil er auch wohlfeiler reisen will als die andern alle. Ist er einmal ausgestiegen, so will er nicht wieder herein. Er packt alle seine Muster aus; will man nicht von diesem, so soll man von jenem nehmen: hätte man Seidenband nicht nötig, so wäre mit Koriander ein guter Schick zu machen, und mag man nicht Zucker, so hätte er vortreffliches Salatöl, und will man nicht Salatöl, so hat er Muster von extra feinem Teufelsdreck. So geht es oft stundenlang, daß ich manchmal sehe, wenn ich von weitem gegen ein Haus komme, und man hat uns gesehen, wie das zu allen Türen hinausfliegt und niemand daheim sein will. Der Krämer soll über Land sein, die Frau über Feld, der Sohn ist auf dem Acker, die Tochter im Bohnenplätz, und die Magd will nicht wissen, wenn das ein oder andere zurückkommt. Mein Junge will Geschäfte machen und meint, die Magd solle ihm den Weg zeigen in den Bohnenplätz zu der Tochter. Aber die Magd will nicht, sie muß hüten; da steht mein Junge eine halbe Stunde verlegen da, weiß nicht, soll er fahren, soll er warten, erbost guckt der Krämer zur Stalltüre aus, die Krämerin lauscht am Küchenfenster, und ich muß da stehen, im Sommer der Brämen Speis, im Winter erfriere ich, und noch jetzt bin ich an den Füßen nicht erwarmet und kann wieder stundenlang stehen in Eis und Schnee, und am Ende, wenn mein Junge nicht Geschäfte macht, nur das kleine Ordinäri! Es ist ein verfluchtes Leben! Zehnmal lieber wollte ich springen, daß die Funken stöben."

Da seufzte es tief auf gerade neben dem Redner. „Was seufzest du so hart", fragte das vorige Roß, „und wie kömmst du daher? Dem Kreuze nach bist du ja eine Siebentalerin aus dem Bernbiet? Übel muß es dir nicht gegangen sein, denn du bist ja speckfeiß!“ – „Ach, sonst ging es mir gut“, antwortete ein niedliches Mährli in der Siebentalersprache, „mein Herr war stolz auf mich, und weiter als bis auf Thun mußte ich nicht springen, und wenn es hie und da nach Bern ging, so kehrte mein Herr so oft ein, daß mir die Reise nicht beschwerlich war. Aber gestern ist es gerade vier Wochen, da wird ihm seine Frau krank, und seither habe ich das elendeste Leben, ich gönnte es keinem Hund. Tag und Nacht geht es von einem Doktor zum andern, sollte immer im Gestreckten gehn, und wenn ich nicht mehr mag, kriege ich gar die Geißel, von der ich früher gar nichts wußte.“ – „Dein Herr wird so ein junger Narr sein, der meint, wenn eine Frau gestorben, gebe es keine andere?“ – „Selb nicht“, antwortete die Siebentalerin, „er hat sie schon zwanzig Jahre und sechs Kinder von ihr.“ – „Was ist denn das für ein Narr? Bei uns im Schwarzwald strapliziert wegen einer kranken Frau keiner sein Roß, je mehr Weiber, desto mehr Ehesteuern, meint man.“ – „Ja, das ist darum bei uns nicht so“, sagte die Siebentalerin, „aber nicht von wegen der Liebe, sondern von wegen dem Geld. Von wegen, wenn einem seine Frau stirbt, so muß er alles das vorhandene Gut zu gleichen Teilen mit seinen Kindern teilen, und das kommt manchen unkommod, und mein Herr wäre übel zweg, wenn er teilen müßte.“ Da bezeugten sämtliche Rosse ihre Verwunderung, wie dumm die Männer im Siebental sein müßten, daß sie so was täten. Jetzt begehrte aber die Siebentalerin auf und wollte das nicht glauben. DsKonträri, sagte sie, es gebe im ganzen Kanton nicht durchtriebenere Männer als im Siebental, aber niene so listige und fini Wyber als dort, das sig ebe drTüfel. Vor vielen hundert Jahren schon hätten die Weiber gesehen, wie es reiche Männer machen, wenn sie Witwer werden, wie sie dNarre machten, mit dem Reichtum großen Staat und den jungen Mädchen alles anhängten und zuletzt so einen Gauggel heirateten, so daß ihre Kinder unwert würden, nicht mehr Platz im Hause hätten und zuletzt nichts erbten, entweder weil der Vater alles vertan oder die letzte Frau alles ihren Kindern anhängen täte. Da seien die Weiber rätig geworden, den Männern das Nägeli zu stecken und für ihre Kinder zu sorgen und auch für sich selbst, und hätten eine lustige Geschichte ersonnen. Die Männer seien in die Falle getrappet, und zum Landrecht sei erhoben worden, daß bei dem Tode einer Frau das sämtliche vorhandene Gut zwischen Mann und Frau zu gleichen Teilen sollte geteilt werden. „Bald merkten die Männer den Lätsch, den sie am Halse hatten, und wollten ausschlüpfen, aber die Weiber hatten ihn zureitig angemacht, und die Männer mußten warten. Sie wußten sich nicht anders zu helfen, als ihre Weiber recht lieb zu haben, und je reicher um so lieber. Wenn einer der Finger wehtut, so läuft man zum Doktor, und wenn eine Bauchweh kriegt, so spannt man dsMähri an, und das muß springe, als ob alle vier Beine absollten. Nun wurden wir schon am ersten Erlenbacher Herbstmärit mit den Hammen fertig, und seither kränkelt unsere Frau immer mehr und mehr und wird immer magerer, und dem Mann immer ängster, und ich muß immer strenger laufen und kann nicht sagen, er soll doch metzgen lassen, es bessere denn vielleicht wieder. Solang der alte Fuchs in der Nähe lebte, ging es mir nicht so bös, so aber muß ich springen immer weiter. Zu rechten Doktoren hat mein Herr keinen Glauben, es muß ein Gütterler oder ein Hexenmeister sein, und denen fährt er nach wie eine Surrfliege dem Roßmist. Jetzt hat er da von ein paar Hexenmeistern da draußen in dem Stinkland gehört, wo aller Haber nach Sauerkabis riecht, die brauchen kein Gütterli und keine Büppi, auf welche sie die Hand legen, die haben über die Geister Macht und können sie senden, wohin sie wollen, Kranke zu heilen und gesund zu machen. Einen solchen Geist will mein Herr kaufen, und vielleicht soll ich ihn noch heimführen; da wäre erst der Schinder los, und ich riskiere den bösen Luft vom Geiste her, werde geschwollen und muß sterben trotz allem Springen."

Da seufzte es grimmig und hohl nebenbei, und das Siebentalermähri glaubte, es sei der Geist, und sprang zitternd auf; aber als es genauer hinsah, war es nur eine alte Füllimähre aus einem andern Tal, und als das Siebentalerli schnauzte, warum die Alte so unflätig und grobänisch seufzte, da sagte die Alte, sie dürfe es fast nicht sagen, aber unter guten Freunden wolle sie es doch. Sie schäme sich grusam. Sie sei ihr Lebtag ein ehrlich Bauernroß gewesen, jetzt habe sie letzthin ihres Meisters Söhnen einen gestohlenen Trämel zur Säge müssen führen helfen. Sie hätte es nicht gewußt, sonst hätte sie keinen Strick angezogen und den unsaubern Gesellen mit Schlägen und Beißen Verstand machen wollen. Die Sache sei ausgekommen, und jetzt müsse sie dem Geschäft nachsprengen und habe da den Handel vernommen, es sei ihr geschmuecht worden, und sie dürfte sich fast nicht mehr auf der Straße zeigen. Wenn sie schon nur eine Füllimähre sei, so habe sie doch noch Scham im Leibe. „Aber trotz dieser Scham muß ich jetzt allen denen nachsprengen, von denen mein Meister glaubt, sie können wohlschmeckend machen, was stinkt, und aus Mist Heu. Denn der Meister flucht gräßlich, nicht über die, welche gestohlen oder vielmehr gefrevelt, sondern über die, denen der Trämel gestohlen oder vielmehr gefrevelt wurde, und über die, welche es ausgebracht. Mit List, Geld und Prozedieren will er das Krumme grad machen. Jetzt mußte ich zum Bezirksrichter sprengen, denn wenn einer einem Schelm einen guten Rat weiß, so ist es der. Weit und breit kommen die Leute zu ihm zu Rat, noch viel weiter her als zu einem Gütterler. Sie müssen oft zwei Tage warten, bis sie vorkönnen, und so wird es auch meinem Meister gegangen sein, denn ich sollte um fünfe geschirrt sein und bin es dato noch; die volle Sau von Stallknecht hat gedacht, am Morgen hätte ich meinen schweren Kommet schon an.“

Das letztere vernahm ich nur noch mit halbem Ohr. Als ich vom Bezirksrichter hörte, dachte ich, da sei was zu notieren, woran ich könnte dem Fürsten und andern demonstrieren, wie wohltätig meine Reisen für die allgemeine Wohlfahrt wären und wie nützlich dem Vaterlande meine Popularität; doch stockte meine Hand in der Tasche, als ich dachte, wie aufbegehrisch der Fürst sei, und, wenn er mit Donnerwettern auf den Richter losfahre, was ich mit einer alten Füllimähre gegen einen Rechtskundigen beweisen wolle, die noch dazu in einer halben Stunde kein vernünftig Wort mehr reden könne. Während ich noch mit der Hand in der Tasche tiefsinnigen Gedanken nachsann, begann die alte Mähre erbärmlich zu schreien:

„Ach meine Ohren!
Die sind verloren!
Ach meine Mähnen!
Mit blanken Zähnen
Packt mich und rüttelt,
Reißt mich und schüttelt
Das Ungeheuer,
Der Bläß Allgäuer!“

Eine helle Stimme tönte in das Geschrei:

„Abschaum der Mähren!
Ich will dich lehren
Die Ehr verkehren,
Das Lügen mehren!
Du alte Schelle,
Du Schmach der Ställe!
Ich will dich lehren,
Die Wahrheit ehren!“

Da übertönte das Streitgeschrei ein mächtiger Chor:

„Friede sei in dieser Stunde
Mit der Tiere großem Bunde!
Laßt ihr nicht das Streiten schweigen,

Werden wir den Meister zeigen!
Friede sei in dieser Stunde
Mit der Tiere großem Bunde!"

Und als das Chor, welches nach einer Krauskopfschen Melodie gesungen war, schwieg, sagte mein Pferd: „Bist du auch da, du hässiges Ketzerli vo Allgäuerli, und kannst das Streiten selbst in dieser Stunde nicht lassen, willst du dich denn nie bekehren?" Da sprach das Ketzerli von Allgäuerli mit kräschlender Stimme: „Was bekehren? Das Bekehren ist an euch. Was tut ihr? Eins ums andere verleumdet seinen Herrn. Geht und hört, wie eure Herren euch rühmen, eure Fehler verschweigen und jeder das beste Roß haben will! Jetzt kömmt noch die alte Mähre und verleumdet zu seinem Herrn noch den meinigen, wo doch der humanste Richter ist im ganzen Fürstentum und zu einem jeden Halunk Sorge trägt, als ob er seinesgleichen wäre. Es dünkt mich, wir hätten von wichtigern Dingen zu reden als von solchen Partikularitäten und Persönlichkeiten, und was gehen uns die Richter an? Sind nicht die Stallknechte von ganz anderer Bedeutung für uns, gleichsam unsere Hauptpersonen? Und es hat mich schon lange wundergenommen, daß niemand von denen reden will, und was man gegen die für Maßregeln vorkehren wolle; es ist je länger je weniger dabeizusein, es hat keine Gattig mehr. Es gibt verflucht brave Stallknechte, warum nicht, ich könnte nacheinander ein halbes Dutzend aufsagen. Aber viel andere werden alle Tage voller und nie mehr nüchtern, und dann sind sie die wüstesten Hunde gegen uns, stüpfen uns in den Bauch, schlagen uns aufn Kopf und mißhandeln uns mit dem Gebiß im Maul, daß uns Hören und Sehen vergeht, es ist himmelschreiend! Und immer mehr, scheint mir, schlage ihnen der Wein auf das Gehör, und so viele hören nicht mehr wohl. Ich hörte schon manchmal, daß mein Herr ein ganzes Immi befahl und kriegte nur ein halbes, und wenn der Herr das große Ordinäri befahl, gab man mir nur das kleine. Wenn dann das Stubenmädchen den Herrn fragte, was er für das Roß befohlen, so sagte er richtig: ‚Das große Ordinäri!' und mußte es auch bezahlen. Dann baggelt man allenthalben an Maß und Gewicht. So hat man namentlich in der Schweiz, wo mein Herr oft hinreiset, das Pfund kleiner gemacht und das Immi größer. Wenn nun mein Herr für einen Batzen Brot befehlen tut, so kriege ich richtig drei Bissen weniger, ich habe das schon manchmal gezählt." – „Aber immer das gleiche Immi?" – „DsKonträri, es scheint mir, auch das sei kleiner, werden wahrscheinlich verschossen sein, als sie es größer machen wollten, oder sie machen noch immer aus einem Malter achtundvierzig Immi statt nur vierzig. So wird unsere Lage alle Tage schlimmer, und ich möchte zu bedenken geben, was da zu machen sei. Ich habe schon manchmal mit Beißen und Schlagen versucht, die Stallknechte humaner zu machen; aber erstlich sind mir die Ketzere z'gleitig, selbst wenn sie voll sind, es gelang mir selten, einem eins ordentlich abzustrecken, und zweitens mußte ich jeden Versuch zur Selbsthülfe schrecklich büßen. Ich wurde abgeschlagen zuerst und kriegte nichts zu fressen, um mir den Mut zu nehmen, und das nächste

Mal, wenn ich wiederkam, wurde ich, sobald der Herr den Rücken kehrte, frisch geprügelt und auf halbe Portion gesetzt. So ist das Schlagen mir verleidet, und doch kann es nicht länger so gehen. Weiß niemand Rat?“

Da sagte das ältere Gummiroß: „Ich habe auch schon lange darüber nachgedacht und wüßte keinen bessern Rat, als wenn man auf irgendeine Weise ein Gesetz bewirken könnte, daß von nun an die Stallknechte zu Stubenmeitlene gemacht werden sollten und die Stubenmeitleni zu Stallknechten. Erstlich gefallen mir die Stubenmeitleni im ganzen genommen selbst besser als die Stallknechte, zweitens würden sie manierlicher mit einem umgehen, und drittens würden unsere Herren viel häufiger daran denken, daß sie ein Roß im Stall hätten, daß sie nachsehen müßten, ob es seine Sache habe, ja, mancher ließe sich aus lauter Zärtlichkeit für sein Roß seinen Schoppen in den Stall zum ehemaligen Stuben-, gegenwärtigen Stallmeitli bringen. Das ist meine Meinung; wenn jemand eine bessere hat, so sage er sie auch!“

Aber da redete keiner verständlich, freudige Töne widerhallten an den Wänden, es war, als ob sie klatschen wollten in voller Herzensfreude. Endlich artikulierte sich ihre Freude:

„Ja, ja, ja, so ist es recht:
In die Stube mit dem Knecht!
Mit der Stubenmagd in Stall
‘s ist ein nagelneuer Fall.
Alsdann wirds im Stalle besser:

Hier die Küfer, Saufer, Fresser,
Herr und Roß in einer Hut,
Das tut beiden wohl und gut.

Drum, Brüder, drum faßt frischen Mut!
Laßt fröhlich springen das alte Blut!
Ein neu Gesetz bringt in den Stall
Die Stubenmädchen Knall und Fall
Und macht uns von der Quälerei
Der liebeleeren Knechte frei;
Drum, Brüder, drum faßt frischen Mut!
So ist es recht, so kömmt es gut!"

Die Begeisterung drang immer tiefer in die Töne ein, durch die Töne durch – da schlug es am Kirchturme eins. Und stille wards plötzlich im Stalle, stille ringsum. Ich war wie in einer andern Welt. Ich sah den Mond wieder scheinen, sah, wie der Wirt vorsichtig ums Haus schlich, er wollte mich suchen und hätte mich nicht gern überrascht; und ergriffen, wie ich war, hätte ich gerne ohne ihn mich ins Bett gedrückt. Ich wartete, bis er hinter dem Hause war, aber wie ich zur Vordertüre leise eintrat, kam er zur Hintertüre herein, begrüßte mich mit den üblichen Worten und sagte, es werde mir wohl noch ein Gläschen belieben? Ich dankte, nahm ein Licht und ließ den Wirt stehn, der nun ein Gläschen für mich und eins für sich wird getrunken haben.

Ich aber erlebte eine erbärmliche Nacht. Alles, was ich ehemals geglaubt hatte und jetzt nicht mehr, gramselte mir vor den Augen herum, machte seine Rechte geltend, trieb mir der Hölle heißen Pfahl in die Seele, und ich konnte mich mit nichts wehren als mit einem öden Nichtsglauben, der keine Gründe hatte und vor jedem Gespensterwesen davonfloh und feige sich barg. Und zu der Angst kam die Neugierde, wie die Pferde zu einem solchen Gesetz hätten kommen wollen, und wessen Verwendung sie angesprochen, wem sie die Redaktion übertragen hätten? Dann das Leid über die menschliche Beschränktheit, welche die Ohren, besonders wenn Baumwolle darin ist, nur an einem Orte haben kann. Ich hatte in den Kuhställen brummen hören, grunzen bei den Schweinen, sogar die Hühner schienen leise Gespräche zu führen, aber wegen den Pferden konnte ich die alle nicht hören, und mit Schlag ein Uhr war alles aus. Es plagte mich die Verlegenheit, ob ich etwas von dem Gehörten erzählen solle oder alles für mich behalten und den Ungläubigen fortspielen. Wo so viel einen Menschen plagt, da kann man denken, wie elend es dem Menschen wird.

Es waren Nadeln im Bette, ich mußte aufstehen. Ich schrieb das Erlebte nieder und alle meine Peinigungen. Ich will es fest verwahren; bei meinen Lebzeiten wird es kaum ein Mensch erblicken, und ob meine Enkel es erblicken werden, hängt von der Weise ab, in der ich sterbe. Aber leben möchte ich noch ein Jahr, um zu vernehmen, wie und was Kühe und Hühner sprechen. Ein Mann wie ich muß alles wissen, und eines jeden Geschöpfes Stimmung sollte er kennen.

Daniel Glattauer

Der Weihnachtshund

„Ich muss euch etwas sagen“, sagte sie nun, bevor das Thema Weihnachten angeschnitten werden konnte, und legte das „Mohr-im-Hemd“-Besteck zwischen den halben „Mohr“ und das dreiviertel „Hemd“ auf den Teller: „Ich kann heuer am Heiligen Abend nicht bei euch sein. Ich habe einen ...“ – „Dann nimm ihn mit, Maus! Er ist herzlich willkommen, das weißt du doch. Er soll mit uns mitfeiern. Machen wir Nägel mit Köpfen!“, jubilierte der Vater. – „Ist es etwas Ernstes, Goldschatz?“, fragte die Mutter, stützte die Ellbogen auf den Tisch und presste die Fäuste so fest zusammen, dass sich das Gesicht kirschrot verfärbte. – „Ich habe einen Hund“, sagte Katrin kleinlaut. Danach war es zehn Minuten still. Ernestine Schulmeister-Hofmeister faltete die Hände und schien um Vergebung von Sünden zu beten, deren Schwere sie bisher unterschätzt haben musste. Bei Rudolf Schulmeister-Hofmeister erweiterten sich die Pupillen und sein Kopf begann rhythmisch in alle Richtungen zu zucken, als würde er im Geiste die Schlussakkorde einer Tragikouvertüre dirigieren.

„Es ist nicht mein Hund“, sagte Katrin zu einem Zeitpunkt, als es schon eher unwahrscheinlich geworden war, dass jemand noch etwas sagen würde. Der Satz barg wenig Trostpotenzial in sich. Es war so, als hätte Katrin zuvor einen Bankraub eingestanden und würde jetzt verlautbaren: „Es war nur eine kleine Bank.“

Allein schon das Wort „Hund“ im Hause Schulmeister-Hofmeister über die Lippen zu bringen, bedeutete unmissverständlich: Hochverrat. Katrin wusste, was ein Vertreter dieser Tierrasse ihrem Vater angetan hatte. Und es war bisher ihre Mindestration an töchterlicher Solidarität gewesen, Hunde ein Leben lang zu verabscheuen und konsequent zu meiden, selbst im Gespräch.

Es gibt Tage, an denen sich die Zukunft entscheidet. Eigentlich entscheidet sie sich jeden Tag. Nein, eigentlich ist es nicht die Zukunft, die sich täglich entscheidet, sondern die Gegenwart. Allenfalls entscheidet sie sich auf Kosten der Vergangenheit für die Zukunft. Aber sei es, wie es sei: Der Tag, an dem sich für Rudolf Hofmeister die Zukunft entscheiden sollte, war der 27. Juni. Er war sonnig. Er war warm. Auf ihn hatte der junge Hofmeister seit seiner Handelsschulzeit gewartet.

Katrins Vater verkaufte. Niemals eigene Sachen, er hatte keine. Er verkaufte Dinge, die ihm nicht gehörten, und bekam ein bisschen Geld dafür. Er war (und blieb) Vertreter. Er vertrat alles, was gerade noch vertretbar war: Schuhbänder, Zeitungsständer, Insektensprays, Rumkokosdragees, Seniorenmagazine, Niederdruckventile. Er ging von Tür zu Tür. Die wenigsten öffneten sich. Erwischte er eine Hand, so ließ er sie nicht mehr los.

Wichtig war ihm, dass die Leute sein Gesicht sahen, dann sahen sie auch den Mund und bald auch die

Sache darüber. An Rudolf Hofmeisters Oberlippenbart blieben die Blicke wie Fliegen im Spinnennetz hängen. Es war der schmälste, schütterste und leichtgewichtigste Oberlippenbart, vor dem sich jemals eine Tür schwungvoll geöffnet hatte, ohne dass der Bart über die Oberlippe segelnd zu Boden gefallen wäre. Die Leute wussten gleich: Diesem Mann fehlten wertvolle Proteine. Man musste ihm also dringend etwas abkaufen. Leider passierte es viel zu selten, dass jemand seinen Oberlippenbart zu Gesicht bekam.

Die Rhetorik war nur Nebensache. Hofmeister wählte zumeist: „Grüß Sie, Hofmeister. Ich bin hier, um Ihnen eine Minute Ihres Lebens zu stehlen." – Den meisten stahl er damit nur ein paar Sekunden. Aber das war eben der Beruf.

Der Traum des jungen Hofmeisters war es, mit einem Schlag reich zu werden. (Er hatte nie behauptet, dass er sonderlich originell träumte.) Am 27. Juni sollte der Traum in Erfüllung gehen. Hofmeister stand unmittelbar davor, 1800 vollautomatische Wäschetrockner der Firma „Wetnix" zu verkaufen. Es fehlte nur noch die Unterschrift des Geschäftsführers des großen Waschmaschinenerzeugers „Multoclean".

Zur Technik der „Wetnix"-Wäschetrockner ist anzumerken, dass sie nicht ausgereift war. Die Geräte waren doppelt so groß und dreimal so schwer wie Waschmaschinen. Und die Wäsche brauchte etwa dreimal länger um zu trocknen, als hätte man sie im Freien aufgehängt. Bei „Wetnix" selbst rechnete man mit dem Verkauf von jährlich höchstens fünf Stück. Hofmeister waren sechs Prozent des Erlöses für jeden verkauften Trockner zugesichert worden. „Wetnix“ hatte zuvor ein halbes Jahr vergeblich nach einem Vertreter gesucht.

Wie er es anstellte, „Multoclean“ 1800 Stück zu verkaufen? Nun, es war ihm gelungen, den Blick eines kleinen Mitarbeiters auf seinen Oberlippenbart zu lenken. Bis sich der Blick löste, brachte er folgende Sätze unter: „Grüß Sie, Hofmeister. Ich bin hier, um Ihnen eine Minute Ihres Lebens zu stehlen. Wäsche waschen können alle. Wäsche trocknen können wir. Ohne Wetnix geht nix! Nehmen Sie uns dazu. Machen Sie Nägel mit Köpfen!“ Der Mitarbeiter hörte sich das an und meinte, er werde seinem Chef vorschlagen, ein Gerät probeweise zu mieten.

Am nächsten Tag rief der Chef persönlich bei Hofmeister an und fragte: „Sie haben Wäschetrockner?“ – „Nein, ich vertrete Sie nur“, antwortete Hofmeister. „Funktionieren sie?“, fragte der Chef. „Ich würde nie ein Produkt vertreten, das nicht funktioniert“, log Hofmeister. „Gut, wir kaufen 2000 Geräte.“ – „So viele haben wir nicht“, sagte Hofmeister panisch und verlor vor Aufregung mindestens drei Barthaare, also etwa ein Zehntel des gesamten Bestandes. „Gut, dann 1800 Stück!“, erwiderte der Chef. „Morgen unterschreibe ich Ihnen. Kommen Sie zu mir. Bringen Sie einen Trockner mit. Ziehen Sie Ihr bestes Sonntagsgewand an. Wir drehen einen Live-Werbespot. Wir werden die Konkurrenz schockieren. Da wird kein Auge trocken bleiben.“ – „Sehr fein, machen wir Nägel mit Köpfen!“, schloss der junge Hofmeister. Nach dem Telefonat wurde er bewusstlos vor Glück.

Der nächste Tag war besagter 27. Juni, an dem sich für ihn die Zukunft entscheiden sollte. Bei „Wetnix" kühlte man den Sekt ein. Der Vorzeige-Trockner war geliefert. (Die restlichen 1799 Geräte würde man in den nächsten Wochen schon irgendwie produzieren.) Der junge Hofmeister selbst hatte sich vom prominentesten Herrenausstatter taubengrau einkleiden lassen. Zur Unterschrift vor laufender Kamera fehlten nur noch zehn Minuten. Das „Multoclean"-Gebäude war erreicht. Hofmeister nahm auf einer Parkbank davor Platz und übte im Geiste den Händedruck eines Millionärs. Dazu stieß er immer wieder kraftvolle „Jawohl"-Rufe aus und klopfte sich dabei bekräftigend auf die Oberschenkel. Das dürfte der Hund, der plötzlich aus dem Gebüsch aufgetaucht war, missverstanden haben. Er glaubte, er solle Platz nehmen.

Als es zu spät war, lag er wie ein schwarz lackiertes Kugelgebüsch auf Hofmeisters Schoß und streckte eines seiner Hinterbeine von sich. Hofmeister reagierte sofort, sprang auf und schleuderte den Hund wie einen (schwarz lackierten, buschigen) Medizinball mit der Hüfte ins Jenseits des grünen Rasens. Der dunkelgraue nasse Fleck auf der Hose blieb als Andenken an diese kurze Begegnung zurück. Er war medizinballgroß und lief zudem die Hosenbeine bis zu den Knöcheln hinunter. Das letzte Mal, als Hofmeister so ausgesehen hatte, war er sieben Jahre alt gewesen und hatte sich weitere sieben Jahre dafür geniert. Damals war er allerdings nicht zwei Minuten vor dem Augenblick gestanden, an dem sich für ihn die Zukunft entscheiden sollte.

Die Zukunft entschied sich innerhalb von wenigen Sekunden. Hofmeister betrat „Multoclean", wurde von einem hektischen Herrn im schwarzen Sakko begrüßt und an der Hand in einen hell erleuchteten Nebenraum geführt. Der Mann klatschte dreimal in die Hände und sagte: „Kinder, nehmt die Plätze ein, in drei Minuten sind wir auf Sendung." – „Ein Problem noch", meldete sich Hofmeister mit krächzender Stimme, „ich benötige dringend eine trockene Hose." Nun sahen sie es alle gleichzeitig und jeder wusste: Er hatte Recht. Aber nur einer reagierte, der Wichtigste – und zwar so zornig, dass Hofmeister spontan fünf Barthaare verlor. Die insgesamt dreizehn Schreie des „Multoclean"-Chefs bildeten eine Art rhetorische Frage. Sie lautete: „Dieser – Mann – hier – in – der – angebrunzten – Hose – will – mir – allen – Ernstes – Wäschetrockner – verkaufen?" Danach setzte hysterisches Gelächter ein. Antwort fiel keine mehr. Der TV-Spot wurde abgeblasen, das Geschäft war geplatzt. Die nächsten dreißig Nächte träumte Hofmeister von Hunden. In guten Träumen schaffte er bis zu fünfzig Ritualmorde.

„Es ist nicht mein Hund", wiederholte Katrin nach einer weiteren Verarbeitungspause. Die Mutter hatte ihre Stirn in zwölf Falten gelegt. (Man konnte sie leicht zählen, denn die Entfaltung trat meist erst nach mehreren Stunden ein. Zwölf Falten schaffte die Mutter selten. Auf über fünfzehn kam sie nur bei vermeintlichen Schwiegersöhnen, mit denen Katrin gerade Schluss gemacht hatte.) „Warum?" fragte der Vater Katrin beinahe stimmlos. Er meinte damit weder: „Warum ist es nicht dein Hund?“ noch „Warum hast du zu Weihnachten einen Hund?“ Er meinte eher allgemein: „Warum gibt es Hunde?“, im Sinne von „Warum zerstören sie unser Leben?“ Katrin antwortete: „Ich hab ihn nur über die Weihnachtsfeiertage. Es ist ein Notfall.“ – „Wem gehört er?“, fragte die Mutter und glättete von innen die beiden äußersten der zwölf Falten. „Einem alten Freund von mir“, erwiderte Katrin. „Er muss dringend verreisen.“ – „Wie heißt er?“, fragte die Mutter. „Der Hund?“, fragte Katrin. „Der alte Freund“, erwiderte die Mutter. (Bei „alte“ tauchten die beiden äußeren Falten wieder auf.) „Max“, sagte Katrin gleichgültig, „ein alter Studienkollege“. – „Von einem Max hast du nie erzählt“, behauptete die Mutter. „Hab ich nicht?“, fragte Katrin. „Nein“, wusste die Mutter. „Ist er verheiratet?“ – „Keine Ahnung“, sagte Katrin, gähnte, schaute auf die Uhr und musste noch dringende Einkäufe erledigen. – „Wegen Weihnachten reden wir noch, Goldschatz“, drohte die Mutter. „Warum nur, Maus?“, fragte der Vater.

Fritz von Herzmanovsky-Orlando

Onkel Tonis verpatzter Heiliger Abend

In München lebte – bis er den Nazis auswich – ein recht merkwürdiger alter Herr, der in weiten Kreisen als der Onkel Toni bekannt und beliebt war.

Er war ein Mann von einzigartigem Wissen auf allen Gebieten des Antiquitätenwesens, und Gelehrte aus der ganzen Welt kamen um Rat zu ihm, wenn es sich um verzwickte Fragen handelte – wie etwa, ob er Flugschriften aus dem Rokoko über Wanzenvertilgung habe oder, ob Nürnberg oder Augsburg die besseren Meister der Klystierspritzenerzeugung gehabt habe.

Auf allen Gebieten abstrusen Wissens war er beschlagen, und er stellte auch sein Wissen als echter Patriot ratlosen Musealbehörden in selbstlosester Weise zur Verfügung.

Einmal kam ich anfangs des Faschings nach München, und einer meiner ersten Gänge war zum lieben alten Freund, dem allverehrten Onkel Toni. Als mir seine alte Haushälterin, Fräulein Mitzi, öffnete, war ihr erstes Wort: „Jessas! Sie san's … Sie san da? na so was … sagen S' um alles in der Welt nit, dass derselbige schlöcht ausschaugt … naa – waren dös heier Woihnachten …", und die wackere Matrone – emeritierte Pfarrersköchin – begann zu schluchzen.

„Was hat's denn geben?", fragte ich besorgt.

„Eingspirrt ham s' eam … am Heiligen Abend … im Kotter is derselbige geschmaachtet …", und die Matrone ersoff förmlich in Rotz und Tränen.

„Warum denn?“, fragte ich besorgt.

„Wögen Verlötzung der Sittlichkeit … zwegn am effentlüchen Örgerniss …“ Sie röhrte laut auf.

Ehe ich mich von meinem Schreck erholen konnte, schlürfte schon müden Fußes „Derselbige“ – wohl neugierig wegen des Röhrens – in die Küche, die auch hier, wie bei allen Leuten, die auf Bürgersinn und Tugend hielten, als Vorzimmer diente, begrüßte mich tränenden Auges, sichtlich gebrochen, und wackelte neugierig, aber auch vorwurfsvoll mit dem Schnurrbart.

Übrigens trug er – wie immer zuhause – den historischen Fez des seligen Nietzsche, der schon diesem Verewigten so schändlich gestanden.

Pikiert fing Onkel Toni an: „Daß d' a wieder amal da bist …? bist sicher schon lang da? Daß d' ieberhaupt noch zum armen, alten Onkel Toni schaugst … weil er gar so im Dröckh sitzt.“

„Sozusagen mein erster Gang ist zu dir“, antwortete ich dem mißtrauischen Greis. „Bin vorgestern eingetroffen.“

Ein trauriger Blick voll von Zweifel traf mich. Seufzend setzte Toni hinzu: „So, so. Und vor 14 Tag bist gsehn worden, wie du mit einer stadtbekannten Scheenheit, einer stadtbekannten, in oan Oinspänner die Ludwigstraßn auf und ab gefahrn bist … zwoamal. Vom Balled oane … mir war s' zmoocher.“ Er mümmelte wegwerfend.

„Onkel Toni … unmöglich. Wo ich erst kommen bin …“

„Ja. Ja. Weil i an armer alter Maan bin, den 's Schicksal wieder oanmal schön z'sammprackt hat ... z'sammprackt hat ..., kommst nit zu mir ... und mit an Baledschmötterling bist gfahrn ... oane mit nackete Haxen ... aber, dass d' amal in ormen, alten, gränklichen Onkel Toni schbaaziern fahrst – das fallt dir nit ein, wo i a frische Luft so neetig hett ..."

„Warum gehst denn nit spaziern?" replizierte ich.

„I ...? schbaziern gehen? naa. Daß mi am End wieder haschen ... naa ... A prennts Kind firchtet es Feier." Und unwirsch drehte er sich um. „Du hast halt weder a Herz noch a Ideal ... du mit deine mopsnaseten Madeln." Seine Miene war streng, als er mich wieder anblickte.

„Also, was ist dir gschehn", wollte ich endlich wissen. „Was soll das heißen: haschen?"

Bevor er mit der Sprache herausrückte, schüttelte er lang und vorwurfsvoll den Kopf. Dann fing er an: „Dees warn Weihnachten ... dees warn ihrer. Stell dir vor ... du woaßt, dass i meine ganze freie Zeit dem Gemeindewohl opfere ... dem Vatterland." Hier erhob er mit wichtiger Gebärde das Gesicht zum Himmel, und eine Träne glänzte im Auge. „Na, und da war i aa am 24. 'zember no im königlichen Kupferstichkabinett und hab an Herrn Direktor gfragt: ‚Hamm S' nit an Arbeit für mi ieber d Feiertäg, was z'bstimmen?'

‚Ja', sagt der und winkt am Adlatus – der Schrökkhenfux Pepi – an sehr an hoffnungsvoller junger Maann – und sagt eam: ‚Gebn S' dem Herrn Hofrat das Portefeuille mit denen erotischen Lithographien …‘ Und dann zu mir: ‚Wissen S’, so Biedermeiersachln … von Hans Bassaget und so.’

‚Jo‘, sag i, ‚der Bassaget … das war dir schon a Saumagen.‘

‚Ja‘, sagt der Direktor, ‚das geht hier nicht zu machen, der Saal ist ein effentlicher Oort … und da beinhaltet Eanere Arbeit eine Verlötzung der effentlichen Süttlichkeit!‘

‚Alsdann geben S’ es mir mit, arbeit i halt an Heiligen Abend durch, z’haus … ’s gibt für mi eh kein Christkindl mehr, seitdem mein armes Mutterl nimmer is …‘“ Er nickte bekümmert.

„‚So?‘ fragte der andere, ‚d’ Frau Mamaa ist gstorbn? Dees tut mir aber leid! und so a ristige Frau wo die gwesen is! Wie is denn dees kommen?‘

‚Jo‘, sog i, ‚schwörheerig is halt gwesn … und in unseren Hausflur … Senefelder Straßen 3, is a Fenster, von an Ausschank. Und da is die alte, emsige Frau immer bersehnlich um a Bier gangen, und amal hat s’ es Hörrohr hinghalten … es Hörrohr …, weil s’ glaubt hat, der Schankbursch will ihr was sagn, und da hat der bsoffene Lackl, der bsoffene, ihr ’s oiskalte Bier ins Hörrohr ’gossen … und davon is nimmer genesen … nimmer genesen … der Meerder, der ausgschaamte der.‘

Und i nimm ’s dicke Paket, wo mit an königlich bayrischen blauweißen Babierschbagat z’sammbunden war und geh weg. Kaum komm i in d’ Gabelsbergerstraßn, kommt dir nit a Windstoß, ganz a entsetzlicher, und reißt mir nit ’s Hummerl vom Kopf – das seltene Stickl, wo der Toulouse-Lautrec selig immer tragen hat, um das mi halb München beneidet hat und wo mir immer etwas z'kloan war, das Luder! Aan Kleiderpracker von der Lola Montez hab i dafür in Tausch geben, mit dem s' immer an Keenig Ludwig … aber: Pscht! das dees nit in die Soziblätter kommt. Alsdann, i hab 's königliche, mir anvertraute Gut fest unterm Arm einidruckt und heb die Linke, um in Hut z'halten … aber der fliegt weg … i will eam halten … reißt mir nit der Wind 's Baaged aus der Hand …, und: huidla … zerstreut die ganzen seltenen Blätter auf der Straßn. I ruef um Hilfe, … kommt da nit aane Mädchenschule, alle paarweis … was von zwa Nonnen schbaziern geführt worden san? Glei sein s' ausgschwarmt, die Fratzen, und sind denen Blatteln nachglaufen … und viele han mir s' bracht und waren ganz derrötet wie die Paradeiser … und i hab mi gschamt. Aber 's Publikum is ieber mi her und hat grufen: ‚Wöndet Lünchjustiz aan … Batzi, ausgschaamter … Verführer … Saumagen, verdöchtiger … schizzet unsere Jugend … und no dazu am Heulign Abend … hauts den Schweinkerl, den alten' und: ‚hauts eam, hauts eam', is gangen. Und wieder andere: ‚Schmeißts eam in d' Schbringbrunnen!'

Zum Glück war der eingfreert. Und immer mehr sein mir nach, und es war ein Riesenhaufen, der ganz entsetzlich gstunken hat, nach Schnaps und Fusl, und einer hat mir mit einer Häringsbratzn eine gebn wolln … es war halt der Mobff. Da is zum Glück d' Bolizei kommen und hat mi in d' Weinstraßn bracht … weil s' aber grad zwelfi gleitet haben, hamm s' nimmer mit mir an Brotogoll aufgnommen und mi glei beim Eingang in an finstren Kotter gsperrt, und i hab koane Stitzerln mehr ghabt und oan Stiwlettn hab i no verlorn … und hab die ganze Zeit auf aan Fuß stehn missen wegen der Gicht. Am Schluß hab i mi am oiskalten Boden setzen müssen, am oiskalten … Und als um zwei 's Haus wieder sich angfüllt hat, hab i um Hülfe gruffen und waas zum Essen haben wollen … irgend a Fastenschbeis … Karpfenkepf mit Knofel … und woaßt, was s' mir durch die Türe zugrufn haben: … ‚Kusch'."

Er rang die Hände, verzweiflungsvoll blickend. „Dees an großherzoglichen Hofrat … an großherzoglich hessischen! Aber, um finfe haben s' mi brotokolliert und endli freiglassen, aber i hab so Gichtschmerzen ghabt, daß i nit hab gehen können und da ham s' mi auf d' Straßenbahn verladen wollen, i aber hab an Dachsi geheischen, sie hamm mich aber verlachet, dieselbigen, und hamm mi auf an Bolizeiwagen in d' Wohnung ieberstellt, und das hab i zahln müssn. 43 Fennig! … 43. Ja. Bluatigi Fennig. – No, was glauben s' denn? I kann dös Geld ja nit bei der Axel aussischwiezen."

Onkel Toni nickte bekümmert und turnte mit dem ergrauten Schnurrbart. Dann sagte er: „Auweh." – „Was hast denn?" – „Mi schmerzen d' Frostballen so, wo i am Hintern hab!" – „Was?" fragte ich, entsetzt von diesem nie Gehörten. „Jo", schniefelte die gute Mitzi, „wo er doch auf der Erd, der oiskalten, hat siezen müssen, wo eam d' Fieß nimmer tragen haben."

Das Gerötzel der guten Matrone ging in lautes Schluchzen auf. „Gebens S' eam a Sitzbad in Petroleum“, war mein Rat. „Aber zünden S’ ’n dann nit an! Sonst wird er a Fackel des Nero!“ – „Da Nero? Der Hundling, der ausgschaamte, der Wallische“, schrie Mitzi.

„A Fagkl des Nero …“, murmelte der „derfreerte“ Hofrat und blickte tief besorgt in die Ecke. „… Waas man alles von a paar Biedermeierbüldeln haben kann … Völlig nicht zum glauben.“ – „Zeichnen had er auch nit können, der Saumagen, der Bassaget“, sagte ich.

„Naa“, ereiferte sich Onkel Toni, „naa, dös derfst nit sagen! Schbeziell die Pudenda … einfach gustios! Vor die muß jeder ’n Huat abnehmen! Jawohl!“ und er mümmelte wie toll. „Du hast ieberhaps koan östhetischen Sinn! Du, mit doane mopsnaseten Mödchen! Da hättst zum Feuerbach, gottselig, in d’ Lehr gehen müssen! Schön san nur Nasen dreimal so lang, wie’s heund Modi is …“

Und er wendete sich zur Wand und entließ mich in Ungnade.

Wilhelm Raabe

Weihnachtsgeister

Quand les gens d'esprit se mêlent d'être bêtes,
ils le sont énormément. *Paul de Kock*

„Eine noch wohl konditionierte Kinderpuppe!" rief der heisere Auktionator. – „Ein Groschen!" bot eine Weiberstimme kreischend und hell. – „Noch sechs Pfennige!" ließ sich ein anderer Liebhaber von einem Winkel des Gemaches aus vernehmen. – „Zwei Groschen!" sagte ich, stieß den Stock emphatisch auf den Boden und blies eine Rauchwolke nach dem in Frage stehenden Gegenstand hin.

Alle Augen der versammelten Menschheit richteten sich sogleich auf den zuletzt Bietenden und erkannten, daß die Stimme von einem kleinen, ziemlich wohlbeleibten Individuum ausgehe, welches ein Buch Konzeptpapier zur Ergötzung des „amusablen" Deutschland, wie der Schriftsteller E. T. A. Hoffmann vom Halleschen Kirchhof zu Berlin sagen würde, unter dem linken Arm trug, eine Zigarre im Munde, einen Hakenstock in der rechten Hand führte und durchaus nicht aussah, als ob es irgendeinen nützlichen Gebrauch von einer ziemlich zerzausten und abgegriffenen Puppe machen könne.

„Zwei Groschen zum ersten – zum zweiten und zum – keiner mehr!" schrie der Auktionator; der Hammer fiel nieder, und ich, Karl Theodor Hinkelmann, war der glückliche Besitzer des im Katalog unter Numero

726 aufgeführten Kinderspielzeugs, welches mir gegen Erlegung der Kaufsumme auch sogleich eingehändigt wurde. – „Vortrefflich!“ sagte ich, umspannte mit dem Daumen und Zeigefinger die Taille der jungen, mit Kleie gefüllten Dame, ließ sie, den Kopf voran, in die Tasche gleiten (ich führe sehr große Taschen und gewöhnlich auch mancherlei darin) und verließ die Versammlung.

Hier wird es nötig sein, die Erklärung abzugeben, daß ich selten eine öffentliche Versteigerung in meiner Nachbarschaft versäume, daß mich nichts mehr beschäftigen und erregen kann als die Analysierung aller der verschiedenartigen Anhängsel des menschlichen Daseins, die bei einer derartigen Gelegenheit zum Vorschein kommen. Wahrlich nicht, um nach Rokokoschnurrpfeifereien zu suchen, dränge ich mich bei einer solchen Auktion unter das Volk! Was haftet alles an diesen Lumpen und Lappen, an diesen abgenutzten, ärmlichen Gerätschaften, an diesem alten Lehnstuhl zum Beispiel, an jener halb zertrümmerten Wiege, an dieser Schachtel mit verblaßten, zerknitterten Papierblumen! Welch ein Buch ließe sich darüber schreiben!

Ich trat in die Gasse hinaus. Es schlug vier Uhr, und die Nacht sank bereits langsam herab auf die große Stadt. Ein grauer, eintöniger Himmel lag über den Dächern, und es schneiete. Es war aber kein eigentliches munteres Gestöber, wo das weiße Gewimmel in der Luft den Emporschauenden fast schwindlig macht und lustig alle Gedanken mit hineinzieht in den tollen, wirbelnden Tanz. Nein, die luftigen, flaumartigen Flocken schwebten in der kalten, grauen, stillen Luft wie unschlüssig, ob sie sich niederlassen sollten zur hart gefrorenen Erde oder nicht. Einzeln kamen sie, senkten sich, erhoben sich wieder, als ob sie sich eines Bessern besännen, gingen seitwärts weiter, um dann doch endlich irgendwo an einer Dachtraufe, an einem Häuservorsprung, an einer Nasenspitze lebenssatt sich aufzuhängen. Es war ein mürrisches, spleenartiges, hypochondrisches Wesen, und doch verkündete der verbesserte Gregorianische Kalender den – vierundzwanzigsten Dezember, und die schönste Nacht der Christenheit lauschte schon ins Land herein! –

Die Menschen in den Gassen gebärdeten sich aber auch ganz anders als die Schneeflocken in der Luft. Sie hatten es gar eilig und wimmelten durcheinander wie ein aufgestörter Ameisenhaufen. Die Läden waren geputzt und funkelten im Schein der Lichter und Lampen, und manch ein Hagestolz, welcher in seinem Kaffeehause sein Journal hatte fallenlassen, nahm dasselbe nicht wieder auf, sondern kratzte sich mißmutig und verdrießlich hinter dem Ohr und dachte an mancherlei, was ihn durchaus nichts anging.

An der nächsten Straßenecke blieb ich stehen und schaute in das lustige Gewühl. Auch ich seufzte. – „Ich kenne auch einen Narren!“ sagte ich zu mir selbst. „Einen gewaltigen Esel kenne ich!“ –

Ach, meine Damen, ich habe mancherlei Unangenehmes durchgemacht, aber so wie gestern war mir mein Butterbrot doch noch nicht auf die „gute“ Seite gefallen. Schwerer als päpstlicher Bann und kaiserliche Acht und Aberacht lag es auf mir! Sechs junge, schöne, liebenswürdige Fräulein und eine schriftstellernde

Mutter hatten ihren Fluch über mich ausgesprochen; die angenehmste Weihnachtseinladung hatte ich verwirkt, unwiderruflich verwirkt. Ich will die Geschichte erzählen, denn

> Wenn der Mensch in seiner Qual verstummt,
> Gab mir ein Gott, zu sagen, wie ich leide!

Ich war gestern zum Tee eingeladen von dem Geheimen Rat von Weißvogel, oder vielmehr von der Frau Geheimerätin, und knüpfte daran die Hoffnung, für heute abend zum Weihnachtsbaum ebenfalls eingeladen zu werden. (Der Geheimerat führt einen sehr guten Burgunder.) Ich hatte also meinem Frack und Hut ein anständiges Ansehen gegeben, um die deutsche Journalistik so gut als möglich zu repräsentieren, und verfügte mich mit dem Vorsatz, ungeheuer liebenswürdig und interessant zu sein, nach der Bürostraße Numero sechsundneunzig. Mit gewohnter Grazie trat ich in den Salon der Frau Geheimerätin ein, wo ein allgemeines, von allen Seiten gerauntes Pst! Pst! mich empfing. Da mir in der Wärme des geheizten Zimmers die Brillengläser – ich bin sehr kurzsichtig – sogleich beschlugen, so war mir natürlich nichts lieber, als daß ich nun mit Anstand einige Augenblicke an der Tür stehenbleiben konnte, um erst den Duft von meinen Sehinstrumenten verziehen zu lassen. Während dies allmählich geschah, horchte ich der Stimme der Frau Geheimerätin, welche las – deklamierte:

„Waldvogel sang's im Lindenbaum,
Schön Blümchen klang es nach im Traum,
Die Stern am Himmel grüßten es,
Die leisen Winde küßten es,
Und überall, allüberall,
Von Berg und Wies und Wasserfall,
Trug es zurück der Widerhall,
Der Widerhall!" – – –

Ich schrak zusammen, zentnerschwer fiel es mir auf die Seele. Himmel, die „Amalasuntha" der Gnädigen! Ihr neuestes Opus! Alle Teufel, das habe ich ja ganz vergessen! Bei allen Mächten, wenn *Weitenweber* darüber geraten ist! Der Hut fiel mir fast aus der Hand; hatte ich doch gestern das Rezensionsexemplar von der gnädigen Frau erhalten und dabei ein schmeichelhaftes, zierliches Billett, und ich Unglückseliger hatte in der Zerstreuung das niedliche, vergoldete Büchlein voll süßen Unsinns auf den Haufen schriftstellerischer Erzeugnisse geworfen, welche mein Freund Weitenweber von Zeit zu Zeit unter der Überschrift „Allotria" tot macht. – Himmel und Hölle, wenn der Mensch für die Weihnachtsfeiertage Geld gebraucht und losgewütet hätte!

Meine Brille war unterdessen klar geworden, und ich konnte einen Blick wie ein erschreckter Hase auf die Versammlung werfen. Da saßen sie, Marie, Johanne, Albine, Theodore, Ida, Sophie, die liebreizenden Töchter einer dichtenden Geheimerätin, wie es schien, pflichtgemäß, töchterlich, ganz in jenen Seelenzustand versunken, welchen die empfindsamen Germanen vor ungefähr sechzig Jahren „angenehme Schwärmerei" nannten! –

Zwei junge Juristen, drei Sekondeleutnants und ein ältlicher Theologe standen in einer Gruppe, wie ein Monument des passiven Widerstandes, und die übrige Gesellschaft drängte sich ebenfalls pflichtschuldigst um die vorlesende Dichterin, die eben ihr Buch zuklappte und in scheuer Selbstzufriedenheit den Blick erhob. Ein bewunderndes Stuhlrücken und Rauschen von seidenen Gewändern entstand. Seufzer, leise Ausrufe, zwei juristische, drei militärische und ein theologisches Bravo – der Geheimerat schaute etwas verdrießlich durch die Tür des Nebenzimmers, in welchem er eben die Spieltische zurechtgerückt hatte, – ich trat schüchtern vor.

„Ah, Herr Doktor Hinkelmann!" flüsterte mit holder Stimme die Gnädige. „Warum so spät?" – Ich machte meine Verbeugung, und sie trat näher. „Haben Sie meiner auch freundlich gedacht?" raunte die Gnädige, mich beiseite ziehend. „Ich bin sehr gespannt auf die heutige Zeitung, Sie böser Kritiker!" – Es überlief mich heiß und kalt. O Weitenweber! Weitenweber!

Ein Bedienter erschien jetzt in der Tür. „Die gnädige Frau haben befohlen, daß ich die Zeitung –" – „Jawohl, jawohl, Johann! Schnell, geben Sie, geben Sie!" Ich hielt mich an der nächsten Stuhllehne. Die Gesellschaft, die Töchter drängten sich um die Dichterin, deren Auge lächelnd die feuchten Bogen überlief. Jetzt! – Ach! – Ihre Augenbrauen zogen sich zusammen, die Hände, welche die Blätter hielten, zitterten –

sie stieß einen Schrei der Entrüstung aus – zerknittert sank der unglückselige Wisch zu Boden.

„Mein Herr!“ – „Gnädige Frau, ich – ich –“ O Weitenweber, Weitenweber! – Die Visitenkarten an den Spiegeln liefen schwarz an; der Geheimerat hatte die Zeitung aufgehoben und verbarg das Gesicht zwischen den Bogen – ich kann nicht beweisen, daß man mich hinausgeworfen hat, aber –!

„Das kommt davon!“ brummte ich, als ich mich wieder auf der Straße fand, „das kommt davon, wenn sich Caliban in das schöne, heitere, ewig blaue Feenreich der Poesie und der Damenwelt wagt! O Weitenweber, Weitenweber!“ – Wahrlich, es ist nicht angenehm, unter den Fußtritten Ariels und seiner losen Schar zu liegen! Was half es mir, daß mir der Geheimerat auf den Vorplatz hinaus folgte, mich umarmte, mir einen Kuß auf jede Backe drückte und mir zwanzigmal sein: „Brav gemacht! Brav gemacht, lieber Doktor, liebster, bester, teuerster, einzigster Freund!“ zuflüsterte? Was half es mir, daß er mich mit Austern stopfen, in Burgunder ersäufen wollte, – sein Haus konnte er mir doch nicht wieder öffnen! O Marie, Johanne, Albine! O Theodore, Ida und Sophie! – O Weitenweber, Weitenweber! – – –

Da stand ich nun an der Straßenecke in dem Schneegestöber, welches jetzt heftiger geworden war. Der Lampenwärter kam und zündete die Gaslaterne neben mir an; in allen Stockwerken der Häuser flammten die Christbäume auf, und alles, was nur noch einen Weihnachtsgedanken im Herzen beherbergte, suchte ihn hervor aus dem vergessensten Winkel und begann seine Weihnachtsfeier. Von allen Kirchen der Stadt läuteten die Glocken das schönste Fest der Christenheit ein; mir ward gar wehmütig zu Mute, und unwillkürlich faßte ich nach der Puppe in meiner Rocktasche, zog sie heraus, drückte mich dichter an die Hauswand, an welcher ich lehnte, und betrachtete sie, während die Menge ununterbrochen an mir vorüberströmte und mit ihrem Getöse doch nicht ganz den Kinderjubel um die Weihnachtsbäume in allen den verschiedenen Wohnungen der Gasse übertäuben konnte.

Das Ding schaute mich aus seinen grellen, blauen Augen gar sonderbar an; die Stumpfnase hatte bereits beträchtlich Schaden erlitten, und aus einem Beine des unglücklichen Wesens rieselte die Kleie mir leise auf die Hand. „Ach, du armes Ding“, sagte ich, „auch du hast schon fröhlichere Weihnachtsabende als den heutigen, den du in meinem Besitze zubringen wirst, verlebt. Was meinst du, gehen wir nach Hause oder fallen wir in eine Kneipe?“

Da die Puppe nicht antwortete, so zählte ich die Knöpfe meines Rockes ab. Sie entschieden für die Kneipe, und so schob ich behutsam meine Begleiterin wieder in die Tasche und setzte meinen Weg durch die Straßen einsam fort, widerborstig gegen das Fatum, meiner Wohnung zu. Bald genug war dieselbe erreicht, und niedergeschlagen stieg ich die dunkeln, steilen Stufen empor und horchte auf jedem Treppenabsatz ein wenig den hellen Kinderstimmen, welche fast hinter jeder Tür hervordrangen; der Weihnachtsabend stand ja in seiner schönsten Blüte! – In meinem Zimmer angekommen, sank ich auf den nächsten Stuhl und stützte den Kopf mit beiden Fäusten auf meinen Schreibtisch, wie ein Brahmane, der das mystische Om ausgesprochen hat und sich in den Zustand der höchsten irdischen Seligkeit versetzen will. Ich kam jedoch nicht zur völligen Auflösung ins Nichtsein; ein Frösteln, welches mich überlief, erinnerte mich, daß ich mein Feuer nicht erlöschen lassen dürfe. Ich schob also neues Holz in den Ofen, und diese Beschäftigung erheiterte mich etwas. Ach, das Brummen und Knattern des Ofens, der tanzende Schein auf dem Fußboden und an den Wänden müssen einem solchen einsamen Gesellen, wie ich bin, oft vielerlei ersetzen; – ich trat an das Fenster und schaute hinaus in die Nacht über die weißen Dächer. Ach, es war doch ein noch fröhlicherer Lichtschein, der aus dem Fenster der mir gegenüberliegenden Häuserreihe fiel! Fröhlicheres Geräusch erschallte dort hinter den niedergelassenen Vorhängen, als mein Ofen liefern konnte.

„Ich will arbeiten!“ sagte ich, zündete meine Lampe an, zog einige Bogen Konzeptpapier hervor und setzte mich an meinen Schreibtisch. Meiner Puppe aber bereitete ich mit Hülfe einiger Bände von Meusels Gelehrtem Deutschland einen Sitz dicht vor mir. Ich tunkte die Feder ins Dintenfaß, schaute in das Licht – eine Minute – zwei – drei – eine Viertelstunde! – „Beim Teufel!“ rief ich aufspringend, „ich wollte, ich könnte bis zum nächsten Alltage die Zeit verschlafen!“ Dabei brachte ich eine gar anmutige marmorartige Verzierung auf dem vor mir liegenden weißen Bogen hervor und warf die Feder fort. Ein Schritt auf der Treppe ließ mich aufhorchen. Er näherte sich. – „Das fehlte mir grade noch!“ rief ich unwillkürlich aus, „Weitenweber! Na, *du* kommst mir eben recht!“ – Ich hatte den Edeln seit seiner Untat noch nicht wieder gesehen. – Die Tür öffnete sich langsam, und auf der Schwelle erschien wirklich in Lebensgröße mein Freund Theobul Raimund Weitenweber, ein Individuum, welches wahrlich einer Personalbeschreibung würdig ist.

Mein Freund ist lang und hager wie ein Laternenpfahl, mit dem er noch die Ähnlichkeit hat, daß auch er erst bei einbrechender Nacht anfängt aufzuflackern und gasartig zu leuchten. Sein Haar ist von unbestimmter Farbe und stets kurz geschoren, seinen Spitzbart aber läßt er wachsen je länger, je lieber, und spielt derselbe ein wenig ins Rötliche. Dreht sich mein Freund um, so braucht er zu diesem einfachen Manöver wenigstens eine halbe Minute, setzt er sich nieder, so nimmt er genau die Stellung des Memnonsbildes in der Wüste an. Mein Freund führt einen Stock, der aber nur dann die Erde berührt, wenn ihn sein Herr in einem Winkel absetzt, sonst kommt er selten unter der linken Achsel seines Begleiters fort. Mein Freund Weitenweber trägt grauweiße Unaussprechliche, die unten in ein paar schiefgelaufene Stiefel enden, welche man unwillkürlich mit versteinerten antediluvianischen Mammutsfußstapfen in Verbindung bringt, einen weißgrauen Rock mit großen Knöpfen und einen eingedrückten, weißgrauen Hut, in welchem sich ein buntes, seidenes, unheimliches Taschentuch aufhält. Handschuh sind meinem Freunde etwas Unbekanntes, und alle denkenden Menschen, welche ihm auf seinen Wegen durchs Leben und durch die Gassen begegnen, bleiben, wenn sie es auch noch so eilig haben, stehen und blicken ihm verwundert nach. Mein Freund Weitenweber aber schaut niemand nach; abgemessenen Schrittes bewegt er sich, die spitze Nase hoch in den Lüften, die grauen, wie faules Holz glimmenden Augen halb geschlossen, die Unterlippe vorgeschoben, seinem jedesmaligen Bestimmungsort zu. –

„Guten Abend!" sagte diese Kreatur, welche mir die Salontüre der Frau Geheimerätin von Weißvogel vor der Nase zugeschlagen hatte. – „Guten Abend, Weitenweber! Du hast mir eine schöne Geschichte eingerührt; ich wollte – " – „Weiß, was du wolltest", sagte mein Freund mit einem Seufzer und zog aus seiner Rocktasche eine Flasche, deren Hals er mir zu fassen gab.

„Weitenweber, du hast mir einen großen Verdruß bereitet!" – Gravitätisch zog das stoische Geschöpf eine zweite Flasche hervor und stellte sie auf den Tisch. – „Ich werde nie wieder zu Gnaden angenommen werden – ach, Marie, ach, holde Sophie!" – Wo kriegte der Mensch alle die Flaschen her? Zwei andere machten ihre Erscheinung, und eine fünfte beschloß den Reigen. Gegen die Taschen meines Freundes sind die meinigen gar nichts.

„Weitenweber, ich habe wahrhaftig Mühe, dir diese Geschichte zu verzeihen. Sie hätten mich ganz gewiß auf heute abend eingeladen. O Albine, Johanne, Theodore! Wie angenehm hätte ich den Weihnachtsabend hinbringen können!" – „Ja, es soll Weihnachten sein!" sprach Weitenweber mit seiner Grabesstimme, nahm langsam den Hut ab, zog einen Stuhl an den Tisch, setzte vorsichtig seine edle Kopfbedeckung darunter, als könne es niemals einen sicherern, bessern Platz dafür geben, stellte seinen Wanderstab hinter den Ofen, kam zu dem Tisch zurück und saß nach zwei Minuten lotrecht mir gegenüber. „Wirf die Bücher vom Tisch, Hinkelmann", sagte er und brachte aus seinen Taschen jetzt auch noch mehrere Zitronen und eine löschpapierne Tüte mit gestoßenem Zucker zum Vorschein. Es waren wundersame Taschen! – „Mische den Stoff, Hinkelmann!" Ich wußte nicht, ob ich lachen oder ob ich wütend werden sollte, holte aber doch meine geborstene Suppenschale hervor, welche mir als Punschbowle diente, und schob den Teekessel in den Ofen.

Während ich mich damit beschäftigte, sah mein Freund starr auf die Puppe, welche noch immer auf Meusels Gelehrtem Deutschland vor ihm lag. Von Zeit zu Zeit berührte er vorsichtig mit der Spitze des Zeigefingers ihre eingedrückte Nase und gähnte gewaltig dabei, bis er sich plötzlich erhob, zum Fenster hinschritt, die Arme übereinanderschlug und hinausstarrte, wie ich vor einer halben Stunde hinausgestarrt hatte. Unterdessen fing das Wasser im Kessel an zu singen und zu sprudeln, und ich bekam zu viel zu tun, um mich ganz meinem langen Freund widmen zu können. Ich hörte nur, daß er von Zeit zu Zeit etwas vor sich hinmurmelte, bis ich endlich mit zwei gefüllten, dampfenden Gläsern zu ihm hintrat und ihm das eine reichte. Er nahm es, hielt es in die Höhe, stieß ein dumpfes Geknurr aus, goß den Inhalt hinunter, seufzte, gab das Glas mir zurück und sprach: „Mehr Rum!"

Ich verbesserte den Stoff, und einen Augenblick später saßen wir einander gegenüber, die dampfende Schale in unserer Mitte. – Meusels Gelehrtes Deutschland nebst allen andern Büchern und Schreibgerätschaften war in die fernsten Winkel geflogen; die Puppe aber blieb neben unsern Gläsern liegen. Von der Gasse drang fröhlich das Geräusch der Weihnacht bis zu uns empor; im Hause jubelte bald nah, bald fern eine Stimme auf, und Weitenweber fing an, seinen Spitzbart zu drehen, welches ein Zeichen größter Behaglichkeit bei ihm ist.

„Die Frau Geheimerätin von Weißvogel ist –“ – „Eine Gans und soll mir mit ihrer Gänseblümchenpoesie vom Leibe bleiben. Fülle mein Glas, Hinkelmann!“ – Ich kam dem Gebote nach, vernachlässigte aber auch mich selbst nicht. – „Nun kannst du noch einen Klotz in den Ofen werfen und mir einen Stuhl unter die Füße schieben. – So! – Nun unterhalte mich!“

Jetzt konnte ich nicht mehr. Ein ungeheures Gelächter verjagte alle Grillen und bösen Geisterchen, welche sich verschworen zu haben schienen, mich an diesem Abend zu quälen. Was aller Geist und Witz, der sich in dieser großen Stadt aufhalten soll und aufhält, nicht gekonnt haben würde, das brachten jetzt das unerschütterliche Phlegma und die kolossale Unverschämtheit meines edlen Freundes zuwege.

„Auf dein Wohl! Auf dein Wohl, Theobul!“ rief ich ganz erheitert und stürzte ein Glas Punsch hinunter. – „Mein Wohl liegt mir sehr am Herzen“, versetzte Weitenweber, kam meinem Beispiele nach und schob mir sogleich das geleerte Glas wieder zu. – „Ich danke dir, daß du gekommen bist, Weitenweber!" sprach ich, indem ich es füllte. – „Der Mensch besteht aus Leib und Seele, die edelste Kraft der letzteren aber ist die Vernunft!" sagte mein Freund, ohne eine Miene zu verziehen. „Ich bin ein sehr vernünftiges Wesen."

„Der Weihnacht Gruß!" rief ich, das Glas erhebend. – „Der Weihnacht Gruß!" wiederholte mein Freund, ergriff die Puppe, welche neben ihm lag, betrachtete sie eine Zeitlang und fuhr fort: „Da liegt Mysterium magnum – das große Geheimnis –, wie Jakob Böhme sagt. Wie bist du an diese Puppe gekommen?" – Ich erzählte es. – „Und du langweiltest dich an diesem Weihnachtsabend? Du, welcher du behauptest, ein Dichter zu sein?" – Ich sah seufzend auf meinen wachsenden Körperumfang, aber Weitenweber fuhr fort: „Jakob Böhme sagt auch noch: ‚Liebe Brüder zu Babel, tanzet doch nicht also von außen ums Mysterium!' – Fülle die Gläser, Hinkelmann, nochmals der Weihnacht Gruß!"

Das aschfahle Gesicht meines Freundes rötete sich ein wenig, seine Augen gewannen allmählich einen stärkern Glanz; es zuckte um seinen Mund. „Es ist mancherlei Art der Stimmen in der Welt, und derselben ist doch keine undeutlich – sagt der Apostel Paulus. Horch, was die Stadt spricht, Hinkelmann! Der Weihnacht Gruß! Der Weihnacht Gruß! – Sei so gut und fülle die Gläser, Vortrefflichster!" – Es geschah. – „Elf Uhr! Nun schlafen die Kinder über ihren Freuden, ihren Puppen und bunten Bildern und goldenen Früchten ein und liegen traumlos in ihren Bettchen – dein Glas ist leer, Hinkelmann! –, die Erwachsenen aber sorgen und jubeln noch fort, und wenn ihnen der Schlaf kommt, kommen mit demselben die Träume, das Irrlichtervolk des Geistes. Viele träumen auch wachenden Auges, und ich gehöre zu ihnen. Gebt mir Weihnachtsträume, gebt mir einen Weihnachtstraum, ihr geheimen Mächte, die ihr die Menschen führt auf ihren Wegen! Auf dein Wohl, Hinkelmann, – und fülle die Gläser!"

Wahrlich, ich hatte die Gläser schon so oft gefüllt, daß mir ganz seltsam zumute ward. Was fiel dem Tische, der Punschschale, den Stühlen ein? Niemals in meinem Leben hatte ich eine solche krampfhafte Lebendigkeit an meinem Freunde Weitenweber gesehen. Er wackelte von einer Seite auf die andere, ward klein und groß, und wenn er trank, geschah es oft aus zwölf Gläsern zugleich. – Zwölf Uhr! verkündigte feierlich die Glocke der Marienkirche. Ein blauer Nebel lag vor meinen Augen. –

„Diese Welt ist ein großes Wunder!" sagte Weitenweber. „Wir wollen über die Weihnachtswelt wandern, Karl Theodor Hinkelmann. Fülle die Gläser! Diese Puppe soll uns führen! Ich erkenne eine alte Bekannte in ihr – holla, spiritus viarum – daemon ambulatorius! Erwache, Liebchen!"

Ja, fülle einmal einer die Gläser! Wenn sie nur nicht so gewackelt hätten! Und noch dazu mußte ich auf das Wunder achten, welches sich vor meinen Augen begab. Was hatte mein Freund Weitenweber mit meiner Puppe angefangen? Ich sah, wie sie den einen Arm ausstreckte, dann den andern – sie gähnte – dehnte sich – richtete sich auf – sah lächelnd umher – erhob sich ganz und stand aufrecht neben der Punschschale, machte einen zierlichen Knicks und darauf eine Handbewegung, die nichts anderes sagen konnte als: „Meine Herren – me voilà!" – Bei Gott, das war nicht mehr Leder und Kleie und bunte Läppchen, das war nicht mehr ein von Kinderhändchen abgegriffener Holzkopf mit eingedrückter Nase! Elfenhaft-lebendig, in zierlicher Schönheit stand das kleine Wesen da und lehnte an einem Stäbchen, welches funkelte, als sei es aus einem Sonnenstrahl geschnitzt. Mit offenem Munde sah ich auf meinen Freund, welcher mit unbeweglicher Miene dasaß, als ob die Geschichte ganz in der Ordnung sei. Das einzige, womit er das Wunder bezeugte, war ein gewaltiger Seufzer und eine noch gewaltigere Wolke Zigarrendampfes.

Das kleine Wesen drohte ihm lächelnd und sagte: „Was hab ich doch für Not mit dir! Zur Verzweiflung bringst du mich noch durch dein Gesicht. Nun sei artig und stelle mir den Herrn da vor!" – „Herr Karl Theodor Hinkelmann", sprach mein Freund, auf mich zeigend, „ein Poet von Kopfzerbrechens Gnaden!" – „Freut mich ungemein", schob die Elfe ein, mein Freund Weitenweber aber fuhr fort: „Hat sich bis jetzt mehr der Feld- und Waldpoesie gewidmet und mit Morgenröten, Blumenduft und Maikäfern gehandelt, wird aber jetzt zu fett dazu." – „Es gibt auch in Feld und Wald Geschwister von mir", sagte die Kleine. „Ich liebe die frische Luft, die von den Wäldern und Wiesen da draußen in mein Häuser- und Gassenreich dringt; ich liebe das Wasser, ich liebe die Blumen, wenn sie in der Scherbe vor den Fenstern zu blühen versuchen!"

„Und darf ich fragen, mit wem ich die Ehre habe – ?“ fragte ich jetzt und hielt mich mit beiden Händen an meinem Stuhl, weil ich erwartete, er würde im nächsten Augenblick mit mir davonfliegen. – „Wir haben keinen Namen, wir sind ein großes Geschlecht“, versetzte mit silberhellem Stimmchen die Kleine. „Wir in den Gassen, wir sind die Geister der Gassen – der da kennt uns!“ – „Ja, ich kenne euch“, sprach mein Freund Weitenweber. „Wir wohnen in der Kellerwohnung und in der Dachstube, wir schweben durch die glänzenden Ballsäle und sitzen zu Häupten der Kranken in den Hospitälern. Im Königspalast, in den Kirchen, in den Gefängnissen sind wir zu finden; wir begleiten den Sarg und den Taufzug und den Brautwagen, wir sind überall, wir erscheinen in tausenderlei Gestalten; aber wenige, wenige erblicken uns. – Was verlangst du von mir, Theobul Weitenweber?“ Und die Puppe erhob ihren Stab gegen meinen langen Freund. – „Zeige uns deine Wunder! Laß deine Zauber walten, führe uns durch die Weihnachtswelt!“

„Ihr wollt die Heilige Nacht sehen? Ei, ich will euch wohl führen – aber du weißt, Weitenweber, meine Bilder sind bunt, und der Herr (die Elfe zeigte auf mich) sieht aus, als würde er sie aufschreiben und drucken lassen, und – dann fällt alle Schuld auf mich.“ Weitenweber nickte und schnippte die Asche von seiner Zigarre und sagte: „Laß ihn! Narrenhände beschmieren Tisch und Wände. Wenn wir beiden uns nur verstehen. Uff – ‚ich bin der Allernärrischste, und Menschenverstand ist nicht bei mir‘ – Sprüche Salomonis, dreißigstes Kapitel, zweiter Vers.“

Das Püppchen lächelte und streckte seinen Stab in den Dampf, der noch schwach aus der Punschschale aufstieg. Sogleich verdichtete sich dieser, wallte massenhafter empor zur Decke und senkte sich dann langsam wieder herab, alles um uns her erfüllend. Die Lampe erlosch, aber ein helles Licht ging jetzt von dem kleinen Zauberwesen aus, welches in der Mitte des Nebels schwebte und seinen Stab langsam über dem Köpfchen schwang. Plötzlich tauchte es aus der Nacht auf, verschwunden war meine Punschschale, verschwunden meine Stube, die Stühle rutschten unter uns weg – wir befanden uns in einem geräumigen, behaglich ausgestatteten Gemache, in dessen Mitte auf einmal ein ziemlich großer Christbaum mit erloschenen Lichtern stand. Keine Menschenseele war zugegen. Eine tiefe Stille herrschte ringsumher. Der Tisch, auf welchem der geputzte Baum stand, war mit Kinderspielzeug der verschiedensten Art bedeckt.

„Sie sind zu Bett gegangen“, sagte unsere kleine Führerin. „Soll der Zauber beginnen, Freund Weitenweber?“ – Ich schaute mich nach meinem Freunde um; er stand weitbeinig da, die Hände in den Taschen, die Zigarre im Munde. Er nickte.

Die Elfe setzte sich leuchtend in die höchsten Zweige der Weihnachtstanne und lehnte sich an den Goldstern auf der Spitze und sah nachdenklich uns an. „Sie sind zu Bett, die Kinder, die Alten, die Freudigen, die Betrübten – ach, sie schlafen nicht alle –, aber die große Stadt ist still, so still, wie in diesem Augenblick der Platz da draußen im Walde, wo dieser Baum gewachsen ist. Meine Brüder und Schwestern, die dort wohnen, haben zu dieser Zeit weniger zu tun als wir, deren Reich die Gassen sind. Der Frühling schläft noch in den braunen Knospenhülsen an Busch und Baum wie meine Kinder in der Stadt in ihren Bettchen; die Käfer, die Schmetterlinge schlafen. Meine Geschwister da draußen haben jetzt nur für die braven Burschen, die Hasen, und die frommen Rehe zu sorgen und darauf zu achten, daß die herabsinkenden Schneeflocken die Gräser und Blumen und die junge Saat auf den Feldern hübsch zudecken, bis der Frühling alles aufweckt. Da draußen ist alles still; aber die große Stadt hat einen unruhigen Schlaf! Sie hat auch böse, böse Träume! Es schleichen Gestalten in den Gassen, finstern Herzens; es zählen die Kranken auf ihrem Schmerzenslager die Stunden, und die Verbrecher in den Kerkern rasseln mit ihren Ketten, und die Liebe ist noch wach und der Haß und das Glück und das Elend! Wir haben viel, viel zu tun in der großen Stadt!"

„Werde nicht elegisch, Kleine, du weißt, das kann ich nicht vertragen!" sagte Weitenweber. „Zeige uns die Weihnacht!" – „Was ich sagte, gehört dazu." – „Was du sagst, verstimmt mich. Ich liebe die Heiterkeit." – Die Elfe brach in ein helles Gelächter aus, das wie ein silbernes Glöckchen klang, und schaukelte sich auf ihrem Zweige.

„Er liebt die Heiterkeit! Er liebt die Heiterkeit! Nun so hört! Vor kurzer Zeit war hier ein fröhliches Getöse. Dort hinter jener Tür lauschte ungeduldig pochenden Herzens eine Kinderschar, während hier der Vater und die Mutter diese Weihnachtstanne schmückten und die ältere Tochter alle die Puppen und Pferde und

Trompeten und Trommeln und die andern Geschenke ordnete. ‚Horch, wie sie trappeln!' sprach lachend der Vater. ‚Bist du bald fertig, Marie?' – ‚Gleich, dieser Honigkuchenmann will durchaus nicht festhängen. So, endlich!' – ‚Hier Richards Trommel, hier die Puppen für die Mädchen, hier Eduards Harlekin!' rief freudig die Mutter. ‚Alter, nun kannst du die Lichter anzünden!' Im nächsten Augenblick flammte der Baum in voller Pracht; das Weihnachtsglöckchen erschallte, und die Kinder stürzten jubelnd herein. Ich war dabei, ich gab acht, daß alles glücklich von statten ging." –

„Ja, ich hörte den Spektakel, als ich die Treppe hinaufstieg", bemerkte Weitenweber. „Ich mußte stehenbleiben, denn meine Taschen zogen mich fast zu Boden." – „Hei, es war ein schöner Abend, und es kostete nachher Mühe genug, die Kinder zu Bett zu bringen. Aber nun schlafen sie, und wir haben das Reich und die Herrschaft. Nun sollen die Geister erwachen."

Ihren Zauberstab schwingend, umschwebte die Elfe, welche mit zwei Groschen wahrhaftig billig genug bezahlt war, die geputzte Tanne, berührte hier einen vergoldeten Apfel, dort einen bunten Zuckermann, dort ein seltsamliches Tiergebild. Das umherliegende Spielzeug berührte sie ebenfalls – die Bleisoldaten in ihrer Schachtel, die Puppen, die Nußknacker, die Kobolde in ihren Schnupftabaksdosen. Und unter ihrem Zauberstabe ward alles lebendig. Ein Klingen und Singen ging durch das Gemach, die goldenen Früchte und Figuren schaukelten sich an ihren Zweigen, die Bleisoldaten marschierten heran, die Püppchen hüpften herzu, und nur Eduards Harlekin fehlte, ihn hatte sein glücklicher Besitzer mit zu Bett genommen und hielt ihn gar fest mit seinen kleinen Händen, so daß er dem Zauber nicht Folge leisten konnte.

„'s ist die Möglichkeit!“ sagte Weitenweber. „Was meinst du dazu, Hinkelmann? Schauderhafter Unsinn!“ – Ich meinte gar nichts, der Kopf schwindelte mir. – „Nun sollen sie erzählen, wo sie herkommen!“ rief die Elfe. „Hört ihr wohl, ihr da zwischen den grünen Zweigen?“ Die Äpfel und Nüsse schaukelten sich stärker, die Puppen knicksten, die Honigkuchenherren und -damen schlugen in die Hände, bis auf einen griesgrämigen Patron, der sie in den Taschen stecken ließ und die Beine wie ein X ausspreizte.

„Beginne du!“ sprach die Elfe, einen dickbackigen Apfel berührend, dessen gesunde, rote Naturfarbe schon wieder bedeutend durch das aufgelegte Schaumgold lugte. Der Apfel drehte sich sogleich unzählige Male an seinem Faden nach links, hielt dann einen Augenblick ein, besann sich, drehte sich dann ebenso lange nach rechts, kam endlich zur Ruhe und begann: „Ich komme vom Lande. In meiner Jugend war ich eine Blüte, weiß und rot und duftend. Hunderttausende meiner Geschwister schaukelten sich um mich her. Ich war schön und wußte es; Bienen, Käfer und Schmetterlinge sagten es mir oft genug. Ach, wo sind meine Blütenblätter geblieben? Der Wind trug sie von dannen, fort über den Garten, auf die staubige Heerstraße. Sonnenschein und Regen habe ich genossen; Tausende meiner Geschwister habe ich sterben und vergehen sehen. Ich dachte auch zu sterben! Aber Sonnenschein und Regen stärkten mich, der Sturm konnte mir nichts anhaben; ich wuchs und gedieh, meine Wangen fingen an zu glühen. Nun bin ich hier, und ich weiß nicht, ob ich wache oder träume! Man hat mir Glanz gegeben. – Wer sagt mir, wo ich bin? Wer sagt mir, ob ich wache oder träume?"

Weitenweber seufzte: „Ich nicht!" – „Ja, wer sagt mir, ob ich wache oder träume!" rief ich. Die Elfe aber berührte, als der Apfel schwieg, seinen Nachbar, einen mißgünstig aussehenden gelben Honigkuchenkerl, mit einer bittern Mandel als Herz, und sagte: „Nun erzähle du!"

„Wer hat Ihnen das Recht gegeben, mich zu belästigen?" schnarrte dieser. „Respekt, ich bin eine Standesperson, ein Staatsbürger erster Klasse! Lassen Sie mich in Ruhe!" – „Hei", rief die Elfe, „du warst es, der sich gestern nicht aufhängen lassen wollte, du wolltest, als ich euch erweckte, die Hände nicht aus der Tasche ziehen!" – „Gute Nacht!" schnarrte der süße Staatsbürger erster Klasse und drehte uns die Schattenseite zu. – „Höflichkeit ist eine schöne Tugend!" bemerkte Weitenweber. „Darf ich Ihnen meine Visitenkarte einhändigen?" – „Ich bin süß, das weiß ich", sagte der Honigkuchenherr, noch einmal über die Achsel schauend. „Ich habe die Kritik nicht zu fürchten." – „Schlafen Sie wohl, Brummbär!" rief ärgerlich meine Puppe. „Mögen Sie so bald als möglich verzehrt werden!" – „Es gibt auch noch hohle Zähne und schlechte Magen, das tröstet mich!" sagte gähnend der süße Mann. –

„Laßt ihn, laßt ihn!“ riefen jetzt zwei Puppen, von denen die eine wie eine Balldame, die andere wie eine Bäuerin angetan war. „Wir wollen euch unsere Geschichten erzählen!“ Und die Bäuerin begann: „Ich komme aus einer engen, dunkeln Gasse. Da befindet sich in einem hohen Hause ein kleines Stübchen. Da bin ich geboren. Am Fenster stehen fünf Blumentöpfe mit Schlingpflanzen. Die grünen Blätter winden sich in jedem Topfe über und um ein kleines Holzkreuz, auf welchem jedem ein Name beschrieben ist. Eine alte Frau sitzt am Fenster mit der Brille auf der Nase und näht. Ihr verdanken wir das Leben. Ein kleines Mädchen, ihre Enkelin, sitzt ihr zu Füßen und reicht ihr die bunten Zeugstückchen zu oder fädelt ihr die Nadel ein. Die alte Frau hatte vor wenig Jahren noch eine zahlreiche Familie – jetzt lebt nur sie und das kleine Mädchen noch allein. Auf jedem Kreuzchen in den Blumenscherben steht der Name eines der Gestorbenen. Die alte Frau kann nicht mehr hinausgehen durch die weite Stadt zu dem Kirchhofe vor dem Tore, sie hat sich einen kleinen Kirchhof in ihrem Fenster angelegt. Das große Gesangbuch liegt auf dem kleinen Tischchen vor ihr, die alte Katze schnurrt zur Seite der Enkelin, welche mit leiser Stimme ein Schullied singt. Die Bratäpfel tanzen singend im Ofen, und von Zeit zu Zeit sucht einer das Weite und rollt hinab auf den Fußboden und hin über den weißen Sand. Das ist jedesmal ein großes Ereignis in dem kleinen Zimmer. Das Kind springt lachend dem Flüchtling nach, der Kater macht schnurrend einen Buckel, die Großmutter aber hält mit ihrer Arbeit ein und schiebt die Brille auf die Stirn.

Ist das nicht wie ein Blick in ein Märchen? Wir –"
„Wir sind aber nicht in dem kleinen Stübchen bei der Großmutter und dem Kinde, der Katze und den Bratäpfeln geblieben!" fiel hier die Balldame der Bäuerin ins Wort. „Wir sind endlich hinausgelangt in die große Welt, hinaus auf den Weihnachtsmarkt. Ei, das war etwas anderes! Da waren Lichter und Glanz, da war Leben. Hunderttausende von Menschen! Ich bin für die große Welt geboren, ich trage Krinoline. Deshalb bekam ich auch meinen Platz ganz vorn an, den besten Platz, von welchem aus ich das ganze Getümmel überschauen konnte. Wie die Leute mich anstarrten! Ei, meine schönen, weißen Schultern gefielen ihnen. Ich saß in dem ersten Rang, und der Käufer kam bald genug, eigentlich viel zu früh für mich: ich wäre gern noch an meinem Platz geblieben; ich bin für die große Welt geboren."

Ein gewaltiger Seufzer Weitenwebers unterbrach hier die Sprecherin. Mein Freund hatte seine Brieftafel hervorgezogen und notierte sehr eifrig die Rede der Balldame, wobei die Zigarre sich in seinem linken Mundwinkel taktmäßig auf und ab bewegte.

„Ach, wer doch auch für die große Welt geboren wäre!" ließ sich jetzt eine Stimme vernehmen, welche aus der Tiefe grabesähnlich hervorkam. Unsere kleine Elfe schaute von ihrem Zweige verwundert nieder, und ebenso taten alle Puppen und Püppchen; nur der Staatsbürger erster Klasse rührte sich nicht.

Auch ich sah mich nach dem Sprechenden um, mein Freund Weitenweber aber entdeckte ihn zuerst. Stöhnend klappte er seine lange Gestalt zusammen, bildete aus seinen unendlichen Beinen zwei spitze Winkel, legte die Hände auf die Knie und blickte ernsthaft und schweigend auf einen seltsamen schwarzen Burschen, welcher wehmütig und vergessen unten am Stamm der Weihnachtstanne stand. Er schien aus getrockneten Pflaumen zusammengesetzt zu sein, der Kopf bestand aus schlecht bemaltem Ton, die Haare glichen einem Büschel Schweinsborsten. Er hatte eine Art Besen in der Rechten, und mit der Linken setzte er eben eine Leiter an den Stamm der Weihnachtstanne, um daran hinaufzuklettern in die grünen, geschmückten Zweige.

„Seht mal den! Seht mal den! O welch eine Nase! O welche Augen! O welches Haar! Seht seine Beine!" erklang es von allen Ästen. – „Laßt ihn!" rief die Elfe, ihren Stab ausstreckend. – „Er wird meine Robe beschmutzen", sagte die Balldame, ängstlich hin und her trippelnd. – „Werft ihn hinunter; er riecht so übel!" riefen die Marzipane, und der Lebkuchenmann wachte plötzlich auf aus seiner Erstarrung und schnarrte: „Schlagt ihn auf den Kopf, schlagt ihn auf den Kopf! Was will der Proletarier hier oben?"

„Kehren, kehren, kehren!" rief der schwarze Pflaumenbursche unten und faßte die ersten grünen Zweige und schwang triumphierend seinen Besen. Alles rettete sich vor ihm so hoch als möglich hinauf, und nur die kleine Bäuerin blieb auf ihrem Platze. „Sie fürchten sich vor mir; sie wollen nichts von mir wissen; – ich will kehren, kehren, kehren!" sagte der schwarze Mann; aber die Elfe flatterte zu ihm hin, faßte mit ihrem weißen Händchen seine drohend aufgehobene Pfote und sang: „Laß sie, laß sie! Störe die Heilige

Nacht nicht! Es sind Freunde hier, erzähle deine Geschichte!"

Der schwarze Bursche kauerte demütig nieder auf dem Zweige, welchen er erreicht hatte, und begann: „Aus einer dunkeln, feuchten Kellerwohnung komme ich; am hellsten Tage fällt kein Sonnenstrahl hinein. Im Sommer läuft das Wasser in Tropfen von den schwarzen Wänden, und im Winter überziehen sich dieselben mit weißem Reiffrost. Da bin ich geboren. Als ich meine Geburtsstätte verließ, lag auf dem Strohlager im Winkel unter einem Stück grober Sackleinwand eine Leiche, und viele, viele hungrige Kinder kauerten verschüchtert umher. Am Tisch saß ein starker, kräftiger, aber bleicher und hohlwangiger Mann beim Schimmer einer elenden Lampe. Die Hand, die einen Stier niedergeschlagen hätte, bog den Draht, reihte die welken, schmutzigen Früchte auf, welche meine Glieder bilden. –

In dem Schneewind da draußen, in der kalten Winternacht, auf den eisigen Steinen sitzt ein armes kleines Kind, und vor ihm stehen meine Brüder in Reih und Glied aufmarschiert. O kauft sie, kauft sie, sie kosten nicht viel! Ihr seid gütig, ihr seid barmherzig, ihr scheut nicht das Ausgeben des Geldes, nur das Stehenbleiben und Suchen nach dem Geld scheut ihr. O kauft meine Brüder! Die Hand, die nach den Kupferpfennigen greift, ist bald wieder gewärmt; der Schnee, den der Nordwind über die Stadt treibt, ist schneidend; meine Brüder frieren, und das kleine Kind hat weder Schuh noch Strümpfe in der Winternacht." –

„Die bewaffnete Macht werde ich aufrufen!“ schrie der Honigkuchenmann. – „Angetreten!“ rief eine dünne Stimme. „Schultert’s Gewehr! Marsch! Marsch!“, und die Bleisoldaten rückten klirrend heran. Aber die Elfe berührte den süßen Kerl mit ihrem Stabe, und er mußte sich zufriedengeben, auch die Bleisoldaten hielten es für angemessen, sich still in ihrer Schachtel in den Hinterhalt zu legen. Weitenweber aber kratzte sich hinter dem Ohre und schnitt Gesichter wie ein Besessener.

„Christ ist geboren! Christ ist geboren!“ rief die Elfe. „Hört ihr die Glocken in der Stillen Nacht? Christ ist geboren! Christ ist geboren! Hört ihr die Stimmen im Himmel, die Stimmen auf Erden? Christ ist geboren! Friede im Himmel und auf Erden und den Menschen ein Wohlgefallen!“ – „Et nunc et semper et in saecula saeculorum!“ sang Weitenweber mit heiserer Stimme. „Wenn es nur schon so wäre!“

„Christ ist geboren! Christ ist geboren!“ rief die Elfe aufs neue und erhob den Stab. Das Reich der Puppen war blitzschnell in die Dunkelheit, in das Nichts zurückgesunken. Graue Wolken umgaben uns, und wir wurden von ihnen getragen, und die Elfe schwebte in unserer Mitte. Ihre Gestalt ward größer und größer, ihre kindlichen Züge wurden ernst, behielten aber ihre unsägliche Schönheit. – Ein feierlicher Gesang, Orgelklänge und Glockengeläute ertönten leise, leise unter unsern Füßen und wie aus weiter Ferne. –

„Wir schweben über der Weihnachtserde, aber wir sehen sie nicht. Das einzelne ist vergangen!“ sagte mein Geist, in dem mehr steckte, als ich bei seinem Einkauf vermutete. „Horcht, die katholische Kirche!“

„A solis ortus cardine
Ad usque terrae limitem
Christum canamus principem
Natum Maria virgine.“

erklang es, jetzt anschwellend, jetzt verhallend, wie aus Hunderttausenden von Kirchen nah und fern. – „Horcht, die protestantische Kirche!“ rief die Elfe, und näher, voller, kräftiger brauste es auf:

„Vom Himmel hoch, da komm ich her,
Ich bring euch gute neue Mär,
Der guten Mär bring ich so viel,
Davon ich singen und sagen will!“

„Christ ist geboren! Christ ist geboren!“ sang die Elfe. „Der Morgen kommt, der Morgen kommt! Seht da!“ – Aus dem Nebelmeer unter uns tauchte es auf: Türme, Kuppeln, Dächer, weißbeschneit, erschienen. Lichter blitzten hier und dort. Die Orgelklänge, der Gesang verhallte, aber ein dumpfes, unbestimmtes Rauschen drang zu uns empor. Ein trübes Chaos lag die große Stadt zu unsern Füßen, überdeckt von dem dunkel wallenden Wolkenschleier.

„Der Morgen kommt, der Morgen kommt! Friede allen Betrübten, allen Bekümmerten!“ sang die Elfe. „Seht, die Krähen flattern um die Kirchtürme! Horcht, die Gassen rufen mich! Dort kommt das Licht!" – Ein roter Schein zuckte im Osten empor.

„Ich scheide, ich scheide!" rief die Elfe. „Gruß dem Christmorgen!" – Sie zog den weißen Wolkenschleier, der sie umgab, über ihrem Haupt zusammen, die Umrisse ihrer Gestalt wurden unbestimmter – sie war verschwunden.

„Weitenweber!" schrie ich entsetzt. Die Wolken, welche mich bis jetzt getragen hatten, wichen unter meinen Füßen, kopfüber schoß ich pfeilschnell herab auf das Häusermeer, grade auf eine fatale Kirchturmspitze zu – schrille, scheußliche Stimmen schlugen an mein Ohr. „Weitenweber!" schrie ich. „Hülfe!" – Die Krähen um den Turm der Marienkirche fuhren krächzend auseinander, ich schlug nieder auf die Spitze der Wetterfahne und erwachte.

Tiefe Dunkelheit umgab mich, nichts rührte sich. Ich tastete mit zitternder Hand umher und fand, daß ich auf dem Fußboden saß. Hinter mir hatte ich die Lehne meines umgefallenen Stuhles. Eine geraume Zeit hindurch starrte ich verblüfft in die Nacht, bis sich allmählich meine fünf Sinne wieder zusammenfanden. Ein glühender Punkt in der Dunkelheit zog meine Aufmerksamkeit auf sich. Ein tiefer Seufzer ließ sich vernehmen. – „Weitenweber!" rief ich.

Der glühende Punkt bewegte sich ein wenig. – „Was gibt's?" fragte die grabesähnliche Stimme meines Freundes. – „Was ist aus der Lampe geworden?" – „Ausgegangen vor einer Stunde." – „Weitenweber!" – „Nun?" – „Ich glaube, ich bin mit dem Stuhl umgefallen!" – „Scheint so." – „Ach – Weitenweber!" – „Bist du nicht bald fertig?“ – „Ich habe einen seltsamen Traum gehabt.“ – „So? Freut mich ungemein! Es mag schönes Zeug gewesen sein! Daß du dich nicht unterstehst, ihn zu Papier zu bringen; – hast dem ‚Chamäleon‘ grade genug Abonnenten verjagt! Der Stoff ist zu Ende – oh!“

Ich erhob mich taumelnd und renkte meine Glieder ein wenig wieder ein. Dann gelang es mir, nach Überwindung mancher Schwierigkeiten, Licht anzuzünden. Wahrhaftig, ich befand mich in meinem Zimmer, und an meinem langen Freund war auch durchaus keine Veränderung zu bemerken. Berge von Zigarrenasche und Wolken von Zigarrendampf umgaben ihn; übrigens steckten seine Hände noch immer in den Hosentaschen, streckten sich seine Beine noch immer so weit als möglich in die Unendlichkeit hinaus. Sein Hut stand noch immer unter seinem Stuhl. –

Ich kann es nicht leugnen, der Blick, welchen ich auf die Puppe neben der leeren Punschbowle warf, war etwas scheu und mißtrauisch. – Ich seufzte, Weitenweber seufzte. –

Schöne Damen, bittet für uns! –

Wolfgang A. Teuschl

Wia da Jesus auf d Wöd kuman is

Oesdan, gem ma s au, in Jesus sei Aansabosd, in Christus seine, in Heagod sein Buam seine.

Und zwoa is da Jesus Christus dera Oat auf d Wöd kuman: Sei Mamsch, d Maria, is fahawad gwesn mid an gwissn Joseph; und befua s nu wos ghobd häd mid den, hod sa si aussagschdöd, das s an Gschroppn griagd; nua woa dea fon Häulichn Geisd.

Jezd woa ia Oeda, da Joseph, owa r a Söö fo an Mentschn, und weng den hod a si denkd:

Mochsd ka gross Wossa, wäu s di oweghaud hod, gibsd ia in Weisl gaunz in da Gham.

Und däwäu a nu in Wiglwogl woa, wos a mochn soe, hod eam draamd, das a Engl fon Heagod owa segld und zu eam sogd: „Joseph, schau das d dein Aa'l, in David, ka Schaund mochsd; oeso dua da nix au und bleib bikkn bei deina Braud, bei da Maria, wäu dea Baumpalädsch, wos s griagd, den hod ia da Häuliche Geisd gmochd.

An Buam wiad s aufd Wöd bringan; und haassn soe a Jesus, weng den, das a d gaunzn Greanan fo d Leid beegln wiad."

Jezd hod owa grod domoes da Keisa Augustus augschoffd ghobd, das iwaroe genau aufgschrim wiad, wea wo dahaam is und wüfü das s oeso san, wos a unta seina Fuchdl hod.

Des woa s easchdemoe, das sa si des oes in dera Oat ausdiwidiad haum; und zwoa is de gaunze Gschichd bassiad, wia da Quirinius da Owakapo fo gaunz Syrien woa.

Und ole san ausgridn, si an Mödeze'l hoen, a jeda duathii, wo r a hea woa.

Da Joseph hod si aa d Schuach gschmiad und is aus Nazaret oom in Galiläa owe noch Judäa, in David sei Schdod eine, godichkeid noch Betlehem (wäu a nemlich iwa sim Schaffen Eabsn fawaundt woa mi n David und oeso duat zuaschdendich woa), damid a si midsaumt da Maria, seina Braud, de wos grod kuaz fua n Ausschidn woa, aufschreim lossd.

Und grod wia s duat woan, is s so weid gwesn.

Und si hod ian Buam (ian easchdn Gschroppm) auf d Wöd brochd, und wäu ole Wiadsheisa bumfoe gwesn san und niagns a Kammal frei woa, hod s eam in a boa Fezzaln eigwikkld und hod eam eineglegd in a so an Schroong, wo ma sunzd fia d Rindfiicha s Hei einelaad.

Robert Weil (Homunkulus)

Schulaufsätze des Poldi Huber und andere Bösartigkeiten

Weihnachten im Eltarnhauß

Bei uns zuhauß in Eltarnhauß tuen die frehlichen Weinachten immar recht frehlich varlauffen. Dar liebe Vatta sagt zu mir und mein Brudarn Ferl schon meistens fier Wochen bevur die feuerlichen Werter: „Rotzbuam, ös ölendige, verdammte! Auf die heurigen Weihnechten heuer könnz enk gefreuen!" Na, und da gefreuen mir sich halt schon so fiel auf die selige Weihnachtszeit, wo doch alle von dar Großmuttar angefangt in dar Hoffnung sint, und tuen schon gar nichz mehr lörnen tuen vur lauter Hoffnung nicht.

Die liebe Muttar kaufft für semtliche Famülljenmitglidar Überraschungen ein mit Ausnahm von mein eltesten Brudarn, in lieben Zacharias, den was die liebe Muttar nicht schmekken kennen tut, weil derselbe nemlich in lieben Vattern so ähnlich schaugt.

Daher hat sie einen Giz auf denselben. Derselbe kriegt als Geschenk meistenz die alten Schileh von mir und in lieben Ferl, die was uns die liebe Muttar hat ausn Herrn Onkl, den Herrn Stadtrat, seine Hosn vonhinten hat machen lassen gelassen.

Dar lieben Großmuttar, die was auf einen von alle beide zwei Ohren schwerherig ist und dabei in ganzen Tag kepelt, der kaufft dar liebe Vatta alle Jahr einen neuchen Grammafon, damit daß sie friher taub wird.

Dafir kriegt dar liebe Vatta von dar lieben Großmuttar, die was ihn nicht schmekken kennen tut, weil er ihr Schwiegersohn is, sehr heifich einen Revolfer, weil nemlich dar liebe Vatta in seinem Zurn einmal ausgeruft hat, er mecht sich am liebsten aufhenken!

Das Schönste, was die liebe Muttar kaufft, kaufft sie allerweil für den Herrn Zimmerherrn in Nebenzimmer daneben nebenan: nemlich eine ganß eine frische Untarwäsche; indem nemlich der Lötztere ein so seelengutes Herz besitzt und die erschtere heifig am Schoß nimmt, wann gerade dar liebe Vatta in die Versammlungen weillt, um daselbst als Urdner seine Tättlichkeit zu entfalten.

Dahingegen fühlt sich dar liebe Vatta heifich hingezogen zun schenen Freiln Pepi wisawis, die was bei dar alten Trafikantin zwei Betten bewohnen tut. Daselbst feuert dar liebe Vatta auch meistenz die frehlichen Weihnachten, weil sie, sagt er, eine so eine treue und warme Brust hat, sagt er, wie die Jungfrau von Urleans.

So valauffen bei uns zuhauß in Eltarnhauß die frehlichen Weihnachten immar als ein Fest dar Freude, dar Liebe und dar Fersöhnlichkeit – außer, wann merkwidrigerweise unsere Kechin die Mali gerade um die Zeit ein kleines Kind kriegt. Das Lötztere kommt aber höchstens alle Jahr einmal vur.

Werner Schneyder

Tips für das Weihnachtsmenü

Sie haben für das große Weihnachtsmenü schon disponiert?

Verwenden Sie eigentlich die eigenen Tische und Stühle? Das ist – pardon! – ein wenig armselig, denn der stilsichere Festesfreund läßt sich neuerdings Tische und Stühle liefern, die in „Satin verpackt" und „mit Schleifen versehen" sind. Der Prospekt, aus dem ich zitiere, liegt vor mir.

Sie beginnen das Festmahl zur allgemeinen Überraschung mit einer Gänseleberterrine oder -pastete? Dann genießen Sie diese, haben Sie in keinem Fall ein schlechtes Gewissen. Wir können davon ausgehen, daß der Schweineanteil an Ihrer Gansvorspeise groß genug ist, um Sie dem Gänseschützer gegenüber zu entlasten. Preislich können Sie die Sache natürlich abschwächen – über „Ente" bis hinunter zum „Geflügel" im allgemeinen. Eine Geflügelleberterrine ißt man sicherlich mit einer gewissen Spannung, denn da weiß der Produzent wohl auch nicht mehr genau, was drin ist. (Ein heißer Tip für den Snob: Servieren Sie einen Geflügelleberaufstrich aus schierer Gänseleber und bestreiten Sie das. Sie sind noch nicht so weit? Wird schon werden.)

Als zweiter Gang ist der Lachs – graved oder geräuchert – das originellste. Das bietet außer Ihnen kaum jemand! Sie können die Freude an diesem raren Genuß steigern, indem Sie Ihrer Weihnachtsgesellschaft bekanntgeben, die Lachszüchter säßen alle schon im Gefängnis, würde man ihren Füttermethoden annähernd soviel Aufmerksamkeit schenken wie jenen der Kalbszüchter. Sollte Ihnen schon gedämmert haben, der Lachs sei der Goldbarsch der neunziger Jahre, kaufen Sie den Ihren auf Servierbrett aus edelstem Holz, in Fischform, Kopf und Schwanz aus Silber. Wenn Ihre Barschaft aber nur zum Lachsersatz reicht, kränken Sie sich nicht, der Lachs selbst ist im Grunde schon ein solcher.

Sind Sie an Fischsuppe interessiert? Es gibt so gut wie alles, entschalt und ausgelöst, den Fischfond nehmen Sie in jedem Fall aus der Dose, wer wird sich denn wegen dieses Weihnachtsfestes nicht nur die Finger, sondern auch die ganze Wohnung verstinken?

Den Hauptgang selbst zu kochen riskiert der aufgeklärte Gourmet nicht, und schon gar nicht dessen weibliches Pendant. Mein Tip sind „entbeinte Wachteln", sie werden Ihnen laut Katalog einzeln, in Kartons, mit Trockeneis tiefgefroren, vom Schlemmerversand per Eilpost ins Haus geschickt. Akzeptieren Sie die angebotene Farce als Fülle – Sie werden es nicht glauben: Geflügelleber mit Champignons! –, ist der Schmaus in 45 Minuten fertig. Haben Sie Ambitionen als kreativer Koch, können Sie die Wachteln auch selbst füllen, etwa mit weißer und brauner Schokoladenmousse. Das machen Sie natürlich nur, wenn Sie als Dessert alle Früchte vorgesehen haben, die es um diese Jahreszeit nicht einmal auf der anderen Seite des Erdballs, sondern ausschließlich in Treibhäusern gibt.

Der krönende Abschluß des gelungenen Festmahls wird sein, wenn Sie zum hochveredelten Kaffee über die liebe, aber sonderliche Großtante in Gelächter ausbrechen, die Ihnen wirklich und wahrhaftig, wie schon seit vielen Jahren, selbstgebackene Kekse angeboten hat. Diese alten Frauen lernen einfach nicht mehr, wie man feiert.

Friedrich Torberg

Die Tante Jolesch oder Der Untergang des Abendlandes in Anekdoten

Was den Tag betrifft, so war es der 24. Dezember, genauer: der Abend dieses Tages, der Weihnachtsabend, an dem Theater und Vergnügungsstätten jeder Art geschlossen blieben und den die Angehörigen der Gauklerzunft, weil es ihr einziger freier Abend war, zugleich als vorweggenommenen Silvester feierten. In der wirklichen Silvesternacht gab es für sie nichts zu feiern; da mußten sie, die meisten sogar an mehreren Stellen, auftreten. Und so hatte sich allmählich die Tradition entwickelt, daß der Heilige Abend, ohne dadurch geradewegs entheiligt zu werden, vor allem als einmaliger Anlaß zu sonst kaum durchführbaren Zusammenkünften und Gastereien wahrgenommen wurde.

Der üppigsten eine, wo nicht die üppigste, fand alljährlich im Hause Berg statt, und zwar unter kolossalem Andrang, nicht nur weil Armin Berg sich auch unter seinen Kollegen ungewöhnlicher Sympathie erfreute, sondern eben jener Unterstützung wegen, die er von auswärts angefordert hatte: eigens für diesen Abend kamen aus Brünn seine Schwestern herbeigeeilt, drei an der Zahl, von kleinem, stämmigem Wuchs und weithin berühmt für ihre Kochkunst, die sie einem gemeinsam geführten Restaurant zugute kommen ließen, einem der beliebtesten in Mährens freßfreudiger Hauptstadt. Der Volksmund nannte es – in Anlehnung an das Wiener Nobelrestaurant „Zu den drei Husaren“ und in Ansehung der besonders ausgeprägten Gesäßpartien seiner Besitzerinnen – „Zu den sechs Arschbacken“, und manch ein Gourmet soll um ihretwillen ernsthaft erwogen haben, nach Brünn zu übersiedeln. Am Weihnachtsabend aber kamen sie selbst, kochten Köstlichkeiten über Köstlichkeiten, verließen die Küche nur um aufzutischen oder abzuräumen, und zeigten sich der Flut der Gäste mit bewundernswerter Umsicht gewachsen.

Die Flut rollte in drei großen Wogen heran, deren erste, aus einem Halbdutzend namentlich Geladener bestehend, bereits um acht Uhr zum richtigen Abendessen erschien. Etwa zwei Stunden später begannen alle jene einzutreffen, die entweder – was zumal für Ehepaare mit Kindern zutraf – im eigenen Heim Bescherung und Schmaus veranstaltet hatten oder zuvor einer anderen Einladung gefolgt waren. Ihr Strom wurde allmählich dünner, erhielt jedoch gegen Mitternacht durch die dritte Woge kompakten Auftrieb, ja selbst zu noch späterer Stunde wurden vereinzelte Neuankömmlinge registriert. Und während dieser ganzen Zeit, also von acht Uhr abends bis in den frühen Morgen, sorgten die emsigen Schwestern fast pausenlos für immer neue Verköstigung, schleppten bald einen riesigen Topf mit Erbsensuppe herbei, bald einen ebensolchen mit Gulasch, bereicherten zwischendurch das ohnehin schon überreiche Angebot mit heißen Würsteln oder kalten Platten, mit kunstvoll gefüllten Eiern oder raffiniert zusammengestellten Salaten, und ruheten nimmer.

Mir selbst wurde an einem 24. Dezember der frühen Dreißigerjahre die Gunst zuteil, dem auserwählten Kreis der schon für acht Uhr Eingeladenen anzugehören, sowie das Glück, daß ich neben einen alten Nachtmahl-Routinier zu sitzen kam, der mir jedesmal, wenn ich einem Gang (oder auch nur einer Beilage) voreiligerweise ein zweitesmal zusprechen wollte, unterm Tisch einen Tritt ins Schienbein versetzte, um meine Gier zu bremsen und mich zu ermahnen, den kommenden Genüssen – über die er aus Erfahrung Bescheid wußte – die nötige Aufnahmsbereitschaft freizuhalten. Ich bin ihm bis heute dankbar.

Unter denen, die an jenem Abend von Anfang an dabei waren, befand sich auch Fritz Imhoff, der große Volksschauspieler, der das Pech gehabt hat, ein Zeitgenosse des noch größeren Hans Moser zu sein, sonst wäre er der größte gewesen. Als Fresser war er es. Jedenfalls übertraf er in dieser Eigenschaft alle damals Anwesenden einschließlich der später Eingetroffenen. Er widmete sich den Gerichten, die für einen jeweils neuen Schub von Gästen auffuhren, mit einer so rasanten Herzhaftigkeit, als wäre auch er eben erst angekommen, und zwar hungrig.

Um zwei Uhr früh war es soweit, daß niemand mehr weiterkonnte, wirklich nicht. Die geräumige Wohnung war vom leisen Stöhnen der Angeschlagenen erfüllt, die sich glasigen Blicks ihrer Erschöpfung hingaben und als einzige Nahrungszufuhr nur noch Mokka, Magenbitter oder Speisesoda akzeptierten. Fritz Imhoff saß mit gelockertem Kragen und ebensolchem Hosenbund schweratmend in einer Ecke. Der Eindruck eines groggy gegangenen Boxers wurde noch dadurch verstärkt, daß seine neben ihm stehende Frau ihm mit einem großen, weißen Handtuch Kühlung zufächelte.

Plötzlich öffnete sich die Tür, und aus der Küche erschienen die drei Schwestern, jede auf hocherhobenen Händen ein großes Tablett mit Gansleberbrötchen tragend. Sie glichen von ferne, sehr von ferne, weiblichen Epheben, wie sie vielleicht bei einem Gastmahl des Imperators Titus als jüdische Kriegsbeute Verwendung gefunden hatten, und sie schritten, die länglichen Tabletts mit der leckeren Last herausfordernd balancierend, unter kurzbeinigem Steißgewackel durch den Raum.

Imhoff hatte die müden Augenlider über seinen Schlitzaugen nicht ohne Mühe spaltbreit geöffnet und sah, was da auf den Tisch gestellt wurde. Ein verzweifeltes Ächzen entrang sich seinem überfüllten Innern:

„Tse“, machte er. „Das wird ja net zum Derscheißen sein, morgen ...“

H. C. Artmann

fia n pjotr

auxoffana r untan gristbam
waun d keazzn brenan …
auxoffana
unta d zweigaln
unta d engaln
unta d süwafen
und da windbocharei
und ka söö dabei
und ka söö dabei nem dia
de wos da r aum nextn dog
de woxdropfm aus n aunzug beglad
med an leschbabia …

Quellennachweis

H. C. Artmann fia n pjotr
Aus: H. C. Artmann, med ana schwoazzn dintn
© Otto Müller Verlag, Salzburg 2001, 11. Auflage

Ingeborg Drewitz Barbaratag
Aus: Walter Jens (Hg.), Es begab sich aber zu der Zeit.
Texte zur Weihnachsgeschichte.
© Radius-Verlag GmbH, Stuttgart 1998

Erwin Einzinger Kauft euch blöd
© Residenz Verlag, Salzburg

Egon Friedell Die österreichische Seele
© Verlag Hans Pero, Wien

Daniel Glattauer Stille Nacht (Probe)
Aus: Daniel Glattauer, Die Vögel brüllen. Kommentare zum Alltag.
© Deuticke im Paul Zsolnay Verlag, Wien 2004

Daniel Glattauer Der Weihnachtshund. Roman
© Deuticke im Paul Zsolnay Verlag, Wien 2000

Egyd Gstättner Die heilige Familie
© Egyd Gstättner

Peter Hammerschlag Die Weihnachtsdirne
Aus: Peter Hammerschlag, Der Mond schlug grad halb acht.
Grotesk-Gedichte. Eingeleitet und herausgegeben von Friedrich Torberg.
© Paul Zsolnay Verlag, Wien 1972

Peter Henisch Das Licht
© Peter Henisch

O. Henry Das Geschenk der Weisen.
Erzählt von O. Henry, illustriert von Lisbeth Zwerger
© NordSüdVerlag AG, Gossau/Zürich/Schweiz 1982

Ernst Herbeck Weihnachten 1967
Aus: Ernst Herbeck, Im Herbst da reiht der Feenwind. Gesammelte Texte
© Residenz Verlag, Salzburg 1992

Fritz von Herzmanovsky-Orlando Onkel Tonis verpatzter Heiliger Abend
Aus: Fritz von Herzmanovsky-Orlando, Erzählungen, Pantomimen und Ballette.
In: Sämtliche Werke in zehn Bänden. Hrsg. im Auftrag des Forschungsinstitutes „Brenner-Archiv“ unter der Leitung von Walter Methlagl und Wendelin Schmidt-Dengler. Band IV.
© Residenz Verlag, Salzburg 1991

Norbert C. Kaser Christtag
Aus: Norbert C. Kaser, Prosa. Gesammelte Werke. Band 2.
© Haymon Verlag, Innsbruck-Wien 1989

Georg Kreisler Weihnachten ist eine schöne Zeit
Aus: Georg Kreisler, Die bösen alten Lieder
© stück gut Bühnen- und Musikverlag GmbH, München 1998
Carl Merz/Helmut Qualtinger Travniceks Weihnachtseinkäufe
Aus: Helmut Qualtinger, „Travniceks gesammelte Werke" und andere Texte für die Bühne. Band 3. Werkausgabe in fünf Bänden hrsg. von Traugott Krischke
© Deuticke im Paul Zsolnay Verlag, Wien 1996
Christine Nöstlinger Schlichte Fichte, Vom Vorsatz, heuer nichts zu schenken, Weihnachtsgaben im Rückblick
Aus: Christine Nöstlinger, Best of Mama
© NP Buchverlag, St. Pölten 2001
Alfred Polgar Der Hase
Aus: Alfred Polgar, Kleine Schriften (2). Kreislauf
© Rowohlt Verlag GmbH, Reinbek bei Hamburg 1983
Helmut Qualtinger Eine schöne Bescherung
Aus: Carl Merz/Helmut Qualtinger, „Blattl vorm Mund". Texte für den „Neuen Kurier". Band 5. Werkausgabe in fünf Bänden hrsg. von Traugott Krischke
© Deuticke im Paul Zsolnay Verlag, Wien 1996 und 1997
Herbert Rosendorfer Der Weihnachtsdackel
Aus: Herbert Rosendorfer, Die Frau seines Lebens
© Langen Müller Verlag in der F. A. Herbig Verlagsbuchhandlung GmbH, München 1975
Werner Schneyder Kleinigkeiten schenken, Lob der Influenza, Das neue Bild, Theorie des Weihnachtsgeschäftes, Tips für das Weihnachtsmenü
Aus: Werner Schneyder, Zeitspiel
© Werner Schneyder
Norbert Silberbauer Der Zorn
© Norbert Silberbauer 2005
Wolfgang A. Teuschl Da Jesus und seine Hawara
© Karl Schwarzer
Friedrich Torberg Die Tante Jolesch oder Der Untergang des Abendlandes in Anekdoten
© Langen Müller Verlag in der F. A. Herbig Verlagsbuchhandlung GmbH, München 1975
Karl Valentin Das Christbaumbrettl
Aus: Karl Valentin, Gesammelte Werke in einem Band
© Piper Verlag GmbH, München 1985
Robert Weil (Homunkulus) Weihnachten im Eltarnhauß
Aus: Robert Weil, Schulaufsätze des Poldi Huber und andere Bösartigkeiten
© Thomas Sessler Verlag GmbH

Register

freunde machen **geschenke** machen freunde

Von Adamsapfel bis Zwergenraub
Das ultimative Garten-Glossar
Versammelt von Christine Haiden
und Astrid Wintersberger
ISBN 3 7017 1443 6

Grandioses Gartenglossar.
Der Standard

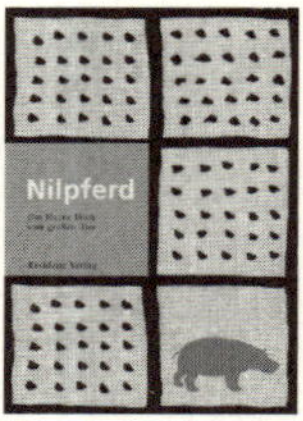

Nilpferd
Das kleine Buch vom großen Tier
Herausgegeben von Evelyne Polt-Heinzl
ISBN 3 7017 1445 2

Geschichten und Gedichte rund um
eine gewichtige Erscheinung.

Das Mozart-Wörterbuch
Von Amadé bis Zungenspiel
Versammelt von Christian M. Fuchs
ISBN 3 7017 1430 4

Ein Lichtblick in der Mozartflut.
Der Standard

Jürgen Neckam
Das merkwürdige Leben der Literaten
ISBN 3 7017 1441 X

Reichlich Skurriles, reichlich Bemerkenswertes,
reichlich Informatives aus den Leben der Literaten.

www.residenzverlag.at

Dieses Büchlein ist ein unentbehrlicher Leitfaden für geneigte Österreich-Besucher, kurz Touristen genannt, und Eingeborene mit heimatkundlichen Bildungslücken.

Von Apfelstrudel bis Zweitwohnsitz
Ein Österreich-Glossar
Versammelt von Christian M. Fuchs
ISBN 3 7017 1461 4

„ES IST EIN GUTES LAND",
vermeldete einst Franz Grillparzer über Österreich, und das meint auch so mancher Durchreisende und bestellt sich einen Apfelstrudel. Fragt der Herr Ober: „Mit Schlag?" Es wirft schon seine Rätsel auf, das Land, in dem es falsche Freitage und Februarlöcher gibt, die meisten Beamten, die jüngsten Rentner, die häufigsten Krankenstände, die wenigsten Berufstätigen und die höchste Medienkonzentration Europas …

Auch hinter der Bühne … wird viel gelacht!

Heinz Marecek
Das ist ein Theater!
Begegnungen auf und hinter der Bühne
ISBN 3 7017 1420 7

Jede Menge bühnenreife Geschichten – von Schauspielern, Regisseuren und Theaterdirektoren, Raoul Aslan über Otto Schenk bis Ernst Waldbrunn, von Friedrich Torberg bis Fritz Kortner, von Josef Meinrad bis Adrienne Gessner, der Doyenne österreichischer Schauspielkunst; von ihren Eigenheiten, ihrer Schlagfertigkeit, kleinen Missgeschicken und großen Katastrophen – erzählt Heinz Marecek in diesem Buch.

autorinresidenz